单飞日记

——我在印第安纳做交流生的300天

卢怡静 / 著

全新体验·New Horizon
五彩校园·School Life
大事件·Big Events
家庭素描·Family Sketch

文匯出版社

目录

自序

就在我开始整理自己这些日记的时候，正巧看到了网络上盛传的生日书。意外地发现，10 月 30 日出生的人会为了工作，或是开始一段新生活而远渡重洋。如果说这是迷信，那么未免也过分巧合了一点，至少我是一个相信命运的人。

我总觉得，人就是在不同的分叉路口做了不同的选择，才走向了不同的人生。是一次次的机会和偶然，把平静的没有起伏的生活，变成了宣泄青春的故事。在选择去做一些永远没有想到过的事情之后，我的人生也开始了一场革命性的转变。

并未想过有一天我会以一个交流生的身份出现在美国，也从没有想过会有毅力用文字记录一整年的经历与情感。

一切又重新归结为巧合，仅仅只是陪同学去老师的办公室，无意中得知那是最后一天可以报名去美国做一年的交流生。没有时间征求父母的意见，我自己决定填写了表格。以为得不到爸妈的应允，没想到他们却给了我莫大的支持和鼓励；以为不可能通过语言考试，没想到却一路闯关通过了笔试和面试。就是这样一个最初并没有让我感到太大压力的选择，最终改变了我的生活轨迹，让我独自面向巨大的挑战，驶向未知的海域。

也许从前的我，会步入高三，没日没夜废寝忘食地去奋斗，迎战高考，完成四年学业之后，工作，结婚，没有太多的追求，甚至忘记自己的理想，只能面对着现实和压力，渐渐成为一个另外的人，而不再是小时候梦想中的歌手、作家、糖果玩具店老板。但是现在，我似乎真正开始为将来思考，无畏地，积极地，勇敢地，果断地，独立地，开始打算起来。曾经不可理解的，不可相信的，不可尝试的，现在看起来，已然成了生命中的一部分。

错过了班机有多可怕，出门前洗澡有多享受，定期清理院子里狗狗的便便有多欢快，在几十厘米厚的雪上 sliding 有多刺激！冬天一大早打开收音机，听到学校推迟两小时上课有多激动，激动到忘记回到床上继续睡觉；秋天每天放学回家就是清扫永远扫不干净的落叶，再把它们烧掉，好像这样的循环永远也结束不了；夏天赤脚跳进清澈的小溪流，看到青蛙和乌龟，甚至还能捉到小蜥蜴；春天穿着单衣去看弟弟的棒球训练和比赛，每次都会花 25 美分买一包瓜子……

还有太多的回忆，天文课制作的银河模型，数学课上被视为天才，一个一个球队参加，一个一个项目退出，即使有深深的遗憾，却已经乐在其中。每一次舞会，每一次筹款，每一次做蛋糕，每一次和弟弟吵架，每一次到处抓出逃的狗狗，每一次复习美国历史，每一次大体能训练，每一次突破自我，做出以前不会做的事情，慢慢地开始改变，开始塑造一个新的自己。

会用文字的形式，记录下一年的经历，一开始的目的是为了让时刻牵挂着我的父母放心，所以无论多晚多累，我都会写完一天的遭遇和感受才睡。后来才发现，我这么坚持的目的，更是为了不让自己忘记这一年，这孤独、自由、无措、淡定、收敛、张扬、无助、释怀、独立、隐忍、勇敢、陌生、疯狂的一年。

选择了在未知的航线上继续前进，选择冒险和挑战，即便最初并非决定朝向这边。也许遭遇到了动荡不安，也许面对了困境磨难，也许经受了压力险阻，说是勇气也好，别无选择也罢，只是跟随着梦想，让梦想成为现实，那么如果不努力如果放弃，最终握在手心的会剩下什么？

青春是用来挥霍用来尝试用来冒险的，把青春涂成亮眼的橙色，写满密密麻麻的字迹，就算扭曲，一笔一画印刻的终究是无法擦去的记忆。直到哪天老去了，如果不会后悔，那么就足够了。

WinD

Preface

There are so many decisions one has to make throughout his life. As a result of the different opportunities presented to us and the choices we make, life takes on different paths. Standing at the crossroads, we choose the directions we are going to take which lead to distinct future. Most people would stay in their comfort zone rather than taking risks and facing drastic changes. Born an adventurer, I, however, love challenges.

I never dreamed a day that I would become an exchange student and study somewhere other than my home country. This, of course, was changed after I signed up for an exchange program. It was a spontaneous decision and I am forever grateful for the support of my loving parents. Had they not approved of it, I would have never turned out to be as independent and decisive as I am.

To be honest, I was really scared and nervous about what would happen. Where am I going? When am I leaving? Whom am I living with? What am I going to do? Why am I doing this? How will I like the experience? But these unknowns and perplexity got me all the more excited at the same time. I love to deal with difficulties and I enjoy taking challenges. I want my life to be special, unique and dramatic.

The 300-day exchange experience started out with quite a bit of frustration. I missed the plane from Chicago to Indianapolis. There I was at an airport in a foreign country late at night. For a moment I was thinking that “perhaps nobody will find me if I die right now”. Fortunately, an old officer helped me out after I talked to him in my Chinglish.

My host family still remind me of this embarrassing situation when we have family gathering, or now, through E-mails. That one year was a wonderful experience with plenty of fond memories. Making a Milky Way galaxy model for the first time for the astronomy class; joining in different athletic teams; doing fundraising; designing my prom dress; dancing for a variety show; painstakingly studying for American History; helping grandma to bake every cake; arguing with my little brother; running after my escaping dog Jack; picking up dog poop; sweeping and burning fallen leaves; going snow sliding; painting my room pink and orange. I can go on and on with the stories, because these memories are carved into the bottom of my heart. Though some are sorrowful, some are regretful, some are painful, I thoroughly enjoyed everything that happened in Logansport, Indiana.

I chose to venture into the unknown territory and face the challenges. Things didn't always turn out the way I had in mind. This adventure involved no small amount of pressure, failure and adversity. But I believe that the challenges and dreams made me strong. I choose and I persevere. I persevere until I succeed.

My American grandpa told me "never say never". Nothing can beat me before I give up. I am young, and I am chasing my dreams. The brightest orange represents my age, the gorgeous, fabulous 17.

After 300 days, my life was profoundly changed. Those days taught me so many lessons, how to treat people, how to deal with troubles, and how to express feelings. This unforgettable experience gives me a firm belief that I can overcome everything and I will be scared of nothing. Surely there will be many harder choices and bigger challenges waiting for me in the future. But I will no longer be timid and fearful, because I am resilient, audacious, and perseverant.

WinD

美国妈妈为我制作的欢迎横幅

一年交流生活结束时，我和爸爸Joe、妈妈Nicole和弟弟Orion在家门前合影。

Logansport迷人的四季景色

在Logansport的阳光生活

YFU国际交流生美国东海岸之旅

CERTIFICATE
OF
HONOR

LOGANSPORT HIGH SCHOOL

Logansport High School

OUTSTANDING ACHIEVEMENT

This is to certify that

Yijing Lu

while participating in

American Literature – Best in Huck Finn (I, V)

has been awarded this certificate
for outstanding achievement

12-16-08

DATE

Jack Gardner

PRINCIPAL

我在学校获得的荣誉证书

我穿上了Logansport高中篮球队队服

来参加我生日party的美国同学和YFU国际交流生在我家院子里合影

我们全家去佛罗里达度假

Joe的左手腕上纹着一个中国字“风”，和我英文名的含义不谋而合。

回国那天全家人送我去芝加哥机场的合影

tokidoki

全新体验

New Horizon

如果没有跨出这一步，我也许永远没有机会去遇见这些精彩，也不会发现原来我还拥有这样的潜能。

Had I not chosen to face the world by myself,
I would have never had the chance to meet these challenges,
Neither would I have any idea about my potentials.

我误了航班

8.5

上午 10 点，我没有向被拦在机场海关外、用不舍的眼神看着我的爸爸妈妈挥手告别，只是暗自在心中说了声“byebye”，便转身踏上了单飞的航程。

从 12 点 30 分在上海起飞，去到美国印第安纳州北部小镇 Logansport，我要转 3 个航班，历时约 22 个小时。先从上海飞旧金山，然后转机到芝加哥，再转机到印第安纳州的首府 Indianapolis。接待我的美国家庭将在最后一站的机场等候我，然后再驱车大约两个小时才能到家。在那里，我将和年轻的爸爸 Joe、妈妈 Nicole 和 9 岁的弟弟 Orion 一起，生活 300 天。

第一次只身离家这么长时间，感觉前途充满了未知与挑战。但是，却未曾料到，挑战会来得这么快——就在我告别自己的父母，到达美国家庭之前，当我孤独一人的时候，夜晚在芝加哥机场，我眼睁睁地看着我的第三架航班飞走了。

这个不是考验我嘛。

先说说我是怎么误了这架航班的。

整个事情发生得实在太莫名其妙。下午 6 点多的时候，我就抵达了芝加哥机场，7 点到了候机厅。我即将搭乘的 UA7502 航班起飞时间是 9 点 09 分。应该说，时间非常宽裕。

开始的时候，UA7502 显示登机通道在 C3，可在 8 点 45 分的时候，我突然发现它改到了 C7。但因为及时发现，所以没有耽误什么。

我来到 C7 的候机厅，在 8 点 49 分起身准备登机时，工作人员对我说："请等一下，"我就站在柜台边，看他写了一会儿东西之后转身进了飞机。接着，费解的事情就出现了。

他进去以后一直没有出来，后来在起飞前 5 分钟，柜台上方的屏幕显示 flight closed，我的心脏"嘭"地一下跳到胃里面去了，这叫一个急啊！我马上去找边上通道的工作人员，她说她很忙，让我等那个男的出来，之后她也进了机舱。我又等了有半分钟，然后去问了一位女士 flight closed 的意思是不是不能上飞机了，她说是的，并让我去找别的工作人员。最后还是一个看上去挺凶实际上却很好心的工作人员帮我打了个电话，然后告诉我飞机飞走了。不过，在他的帮助下，我很快就办好了延机手续，下一个航班将在一个半小时以后起飞。

当前面那个"飞机飞走了"的响雷炸下来的时候，我真想骂人。不过就算我骂了也没人听得懂，所以还是被我咽下去了。我就真纳了这个怪闷了，除了生气就是紧张。也许是工作人员都有事情，很忙，所以把我给忘了，我只能这么想。但是美国人民还是有很友好的——回答你的问题，帮你想办法，Everything will be OK 的样子。

临行前，YFU[注] 的培训手册上有过这样的假设——如果你耽误了航班，一定要首先打电话给 YFU 热线，或者在机场寻找 YFU 的志愿者，千万不要打给自己的父母，一方面他们鞭长莫及，另一方面平添他们的焦虑和担忧。

这个建议我听从了一半——没有打给我自己的父母，但我也没有和 YFU 联系，我首先想到的是要给我美国的住家打电话，因为无论是什么原因，我要让他们在机场等候我更长的时间，为此我心中充满了歉意。让我意外的是，美国妈妈在电话里告诉我，Orion 也执意跟着他们到机场来接我了，这就让我更为不安。幸好当天晚上 10 点半还有一架飞往印第安纳的航班，否则后果不堪设想。

出师不利，当头遭遇下马威。我不知道今后我还会遇到多少考验，

[注] YFU（Youth For Understanding，美国青少年国际文化交流机构）成立于 1951 年，目前有 60 多个国家参加。中国自 1998 年起加入该交流项目。

但我知道我不会害怕，哪怕是会给我带来困扰、原本就无法解决的难题，我也已经做好了迎战的准备。因为这是我的 300 天，我一个人的 300 天，我希望经历更多的挑战。

在美国的第一天

8.6

我都不知道该从哪里写起才好了。

从今天凌晨 2 点到家看到 Welcome Home Wind 的横幅，到现在晚上 11 点我轻轻松松、舒舒服服地躺在床上写这些东西，Maybe it has been a really good time.（可以说是度过了完美的一天。）虽说有很多话听不太懂，虽说电视里商店里音乐里全部都是英语，但来到美国的第一天过得还挺好。

早上 10 点多起来，have a shower 之后，喝了一杯牛奶，吃了两片面包，就和大家一起去了沃尔玛超市。

去那里主要是给我弟弟 Orion 买学习用品。然后我惊喜地发现了一个秘密：Orion 非常喜欢宠物小精灵。他有一大套卡片，用来玩的，就像游戏王的卡（正常的小孩应该都知道这种东西）。买完了东西，他们开着车带我在 Logansport 兜了一圈，去看了我巨大的学校，也去看了 Joe 和 Nicole 工作的医院。

他们两个似乎是在一种特殊的医院工作的，像是精神病医院，但是又看管那种犯罪嫌疑人（可能是尚未被最终判刑，但却有病的人），不过大部分病人是有精神疾患的。YFU 之前给我们的住家信息好像写反了——妈妈是财务和后勤部门的，而爸爸才是看管病人的 nurse。这有点让我感到意外。

回家之后，Orion 把他所有的宠物小精灵卡都拿了出来，送了好多给我。因为我说了我也喜欢宠物小精灵。

然后他到我房间来玩，问我是不是有惊喜给他（我在来美国之前，曾发邮件给他说要带给他礼物）。在他百般耍赖之后，我就被逼无奈地提前把那套玩具拿了出来。那是一套欧洲进口的拼装玩具，天哪，他简直喜欢到了发疯的地步，然后决定把他最喜爱的那张宠物小精灵卡给我。他完全就是一只手拉着另一只手、“举手为艰”地做出这个决定的。（这里请读者发挥自己的想象力，我就不多描述了。）

忘了说了，午饭我们是在一个像汽车饭店的地方吃的，就是你坐在车里点餐，店员把快餐挂在你的车窗上，然后就可以享用了，看上去很神奇的样子。

下午4点多，Orion煮了方便面，自己一份，给我也做了一份，然后我和Orion还有妈妈（爸爸去打棒球了）一起坐着吃。我和妈妈聊了很多，从吃的谈到天气，再谈到学校和中国的文化，好多时间都是我在说，用着不是很标准的英语，也许妈妈也是半懂不懂，但是她一直在很认真地听，很认真地回答。聊了1个多小时，之后就陪Orion去他的足球训练。一片很大很大的草坪，4个足球场那么大，都是10岁以下的小孩子们在踢球，我就和爸妈拿着椅子坐在树荫下，看着他们玩。蓝天白云阳光，简直舒服到不行。

晚上吃的东西很简单，花菜、西兰花、洋葱、土豆、鸡肉等等全部切成块，然后放在一块儿烧，烧到有一点烂了，熄火开始吃。不过我相信里面一定加了不少的cheese。

Orion（中）在赛场上休息

看电视的时候，我把我们家为他们准备的礼物拿了出来——给 Joe 和 Orion 的是印着中国龙的 T 恤、给 Nicole 的是真丝睡衣和配有镜框的苏绣。两位男性声称明天就要穿中国龙。刺绣是绝对受欢迎的，他们似乎从来就没有看到过那么精细的东西。

明天爸妈都要去上班，就我们两个小孩在家，我要整理一下我的东西了。

汉堡王和宇宙黄瓜

8.7

先要做个说明——我昨天发现的——这里天黑得很晚，也许是因为夏时制的关系，晚上 9 点才刚刚和上海黄昏时的光线差不多。所以，感觉吃了晚饭还能玩很久，太阳才下山。

今天傍晚，全家人陪我去学校注册。回来的路上，我们去吃了 Burger King（汉堡王）。跟麦当劳和肯德基一样，汉堡王在上海的连锁店也不少，我最喜欢吃它里面的双层皇堡。但是，第一次见识美国的 Burger King，让我整个就没有想法了。

那个 burger 绝对是 king size 的。我点的是它们里面最小的单层皇堡，但送到面前的那个巨无霸汉堡、一大堆薯条和一大杯可乐，给我的感觉是永远都吃不完。天哪，知道我喜欢吃美式快餐，也不能给我这么多呀。还好本来我就是精干身材无敌胃，换了一般的上海女孩，一定会被这个真正的汉堡王给秒杀掉。

回到家，我们开始在后院生火烧柴，因为后院有好多树，经常有树枝自己掉下来。夕阳下，我们边烧树枝边烤东西吃，这种景象我以前从没想过会发生在自己身上。不过，更让我感到意外的是他们拿出来烤了吃的东西——居然是棉花糖。OTZ[注] 了吧。他们把糖烤软了，面上有点焦黄时就可以吃了。不过那时的棉花糖粘粘的，很好玩。也

[注] OTZ，网络表情符号。它看起来像是一个人跪倒在地上，低着头，一副“天啊，你为何这样对我”的样子。也有用 OTL、orz 等表示。

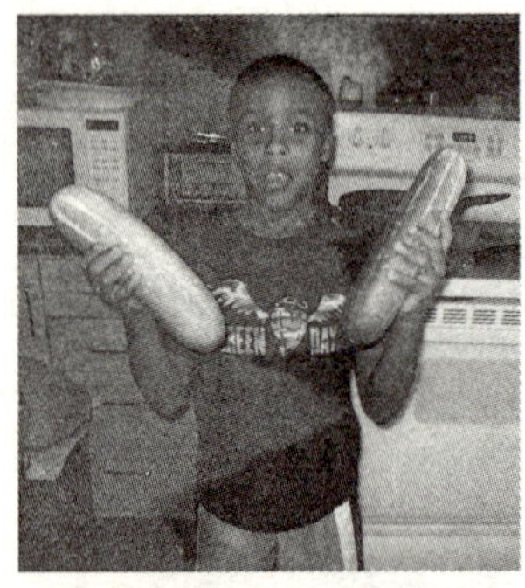

可以把它们夹在饼干里，再夹上一块巧克力一起烤了吃，比单独吃棉花糖、巧克力或饼干味道好多了。

吃完烤棉花糖，Orion 找来个足球让我陪他踢。嗯，我还是很有运动天赋的。虽说这是我第一次有机会玩足球是吧，我还是踢进了好多球也守住了很多球，不过最终以 Orion 把窗玻璃踢碎了收场。我发现哪里的小孩子都一样，做错了事，一下子就心虚了，不停地帮忙做事情：收拾碎玻璃、整理院子、洗碗，边上还有一个大人斥责，一个大人安慰，红白大戏唱得不亦乐乎。当然，没过多久，Orion 就神情自如，没事人一样了。

足球事件之后，我们又到院子的菜地里摘蔬菜。所谓的菜地就是用木桩围出来的一小块地方，自己买了种子在里面种了黄瓜、番茄、青椒、哈密瓜和西瓜，还有一种我说不出名字的蔬菜。

因为疏于管理，菜地里藤蔓错节，要用铲子翻挖才能发现瓜果。我挖着挖着，发现了一根超级大的黄瓜。和我概念里的黄瓜相比，这根黄瓜简直就能被称作是宇宙黄瓜了，它的大小你可以参照康师傅冰红茶的瓶子去想象。再一挖，还是一根宇宙黄瓜。看我如此惊讶，Orion 就一手拿起一根黄瓜，耍起了中国功夫。真神了。

Prefect！宇宙黄瓜超级好吃。

街头大灌篮

8.8

今天和 Orion 在家附近逛了一下，碰到了很多他的朋友，Kathy，Shine，Jimmy...

发现原来美国的孩子也搞拉帮结伙的事，但是等到要玩的时候，又都可以混在一起。

我跟着 Orion 加入了那些他睬或不睬的朋友们中间，打了一次很奇特的篮球。这个被称为球场的地方太奇妙了，其实是一个圆形的蹦床，高出地面大概有 1 米，沿着外圈用很高的网围着，里面有个正常的篮球架。所有人都在蹦床上跳啊跳地抢球、投球。其实这应该是给七八岁小孩子们玩的东西，但是因为很喜欢篮球，所以我也挤进去玩了。我这个一跳不要紧啊，直接就鹤立鸡群地 slam dunk（灌篮）了。我感觉这个动作我做得比姚明还要轻松，跳起来时候差不多半个身子都在篮筐之上，绝对是居高临下。

以前在电脑上玩街头篮球，虽然也练过 PF（大前锋）和 SG（得

分后卫），操纵着键盘“刷刷”地投出准确的三分球，不过要想 slam dunk，仍然需要很高的技巧。做梦也没想到，我会在现实中的夏日阳光下，在美国一个小镇的街头，和当地的小男孩们一起玩街头大灌篮，简直就是玩疯了。

难道你没有童年吗

8.9

今天 Logansport 下了我到之后的第一场雨，在晚上天要黑没黑的时候。

雨点很大，砸在车玻璃窗上面，劈劈啪啪地。

今天去看了 Orion 的足球比赛。其实就是七八岁的小孩踢皮球而已，不过不乏有几个很有前途成为帅哥的小孩有不错的进攻防守表现。

最终 Orion 他们队以 1 比 0 获胜。

他们的队伍很 high，但是 Orion 似乎不怎么勇敢，就是说在他做前锋的时候总是缩在后面，更像是个中锋，或者后卫，也许是太累了，也许是正式比赛他紧张害羞了。

之后我们去了几个大型的超市，为的是去买那些打理院子的东西和各种各样的种子。其中有个超市真是异常巨大，进门的地方有免费的爆米花和咖啡，边上还有很多玩的东西，而且随便你玩。大人们进去购物的时候，我和 Orion 还有阿姨家的两个女儿 Sachi、Abbi 一起跑来跑去到处玩，一会儿跷跷板，一会儿荡秋千，我感觉自己又回到了 6 岁……

忽然想到一个朋友一直说的一句话“难道你没有童年吗？”虽说我有过快乐童年，但像这样和弟弟妹妹们一起嬉笑玩耍的记忆还真是没有。

然后不得不说，我吃了被我称作 American Chinese food 的自助餐，服务生都是从福建来的。也许这是第一次我在美国说那么多中文，别人听得都是一愣一愣的。这个菜我实在不好说什么，作为一个中国人我只能说，东西很好吃，但是我怎么吃都没有吃出个中国味儿来。

服务生像和我拉家常一样，从你从哪里来到你喜欢吃什么，然后又聊到北京奥运会，亲切热情得不得了，大概是老乡见老乡两眼泪汪汪了。他们还特地给了我筷子，整个餐厅就我一个人在用筷子，这个感觉简直是好得不得了啊！

河边摇滚秀

8.9

到美国后的第 4 天，就经历了一件让我觉得非常震撼的事情。

晚上 8 点多，Joe 带着我们一帮孩子到了一个类似于我们这里公园绿地的地方，边上有一条小河流过。在那里，搭了一个不大的舞台，感觉像是有一场演唱会。在场地的一角还放了很多吃的，基本上都是像 Papa John's 那样的快餐。但是我们的注意力现在并不在食物上，一帮孩子撒着欢，跑到了河边。Sachi 和 Orion 顺势把鞋一脱就跑到河里去玩了。昏暗的天色下，我看清了那是条很浅的河，尽管还算开阔，但缓缓流淌着的水面只没过脚背。我在岸边收住了脚步，Sachi 见了说了一句很意味深长的话："3 个月以后你就会和我们一样无所顾忌地跑到河里去玩了。"

当时，这句话的确给了我巨大的心灵冲击。

也许，是会这样的吧。

大概一刻钟以后，舞台那边传来了让人兴奋和激动的架子鼓和贝斯声，刺激而富有感染力。人群开始聚集。

天已经很黑了，舞台上的灯光把下面站着的听众都照得熠熠生辉。聚在这里的大多是年轻人，那些高中生们都疯狂得要死，我就不说他们的装扮了，光看他们跟着震耳欲聋的音乐发疯一样地摇摆，就让我感到：要命了，我能适应这样的生活吗？尽管我也喜欢摇滚乐，但无论如何也做不到像他们那样狂热。

不过，那个乐队的主唱我并不是很喜欢，他用的是黑嗓发声方法，让我感觉很不舒服。我是不信仰黑嗓摇滚的，我觉得那不是摇滚乐，只不过是在制造噪音。可这里是美国，感觉人人都喜欢那样的 rock。整整 3 个小时淹没在震耳欲聋的摇滚乐中，没有悬念地，我“失聪”了。

不过有趣的是，在主唱唱到那首 *A Little Rain* 的时候，天上正好下起了小雨。

到美国已经 5 天了，尽管周围都是听不懂的话语，却感觉不到任何异常。也许是因为有过充足的思想准备，感觉听不明白是正常的，所以并不没有太多的烦恼和胆怯。整天沉浸在英文状态，现在我的大脑搜索英文单词可以说是异常灵敏，可要想一个对应的中文词语反倒需要更多的时间。虽说我可以很好地理解中国餐厅里服务生所说的一切，可却感觉自己已经很久没说中文了。即便我现在是用中文写着什么，但依然觉得我该说的语言是英语。

P.S. 下星期二（12 日）就要开学了。

野餐和野营

8.10

傍晚的时候，说是要出去野餐，让我高兴得跃跃欲试。

一大家子人——我们家 4 个，姨妈家 4 个，还有外公、外婆和几个邻居家的小孩以及狗狗们，浩浩荡荡地来到一个像公园一样的地方，吃了太多的会令人发胖的东西。

Logansport 这个宁静小镇，不光蓝天白云、满眼葱绿，风景旖旎到让人心旷神怡，还到处散发着淋漓尽致的“人道主义”。

公园里有很多带顶棚的桌子，为的就是不让你暴露在烈日之下。烧烤炉干干净净的，按下开关就能使用。稍远处有一大片游乐区域，适合不同年龄的孩子，又被细分成三块。我三个地方都玩了，因为我们去了 6 个未成年人，年龄分布不均，五六岁的孩子就不能玩我们十几岁大孩子玩的设施了。我是孩子们中最大的，绝对是占有优势了。

很大的草坪，大人孩子们一起玩着超级巨大的飞碟，然后我和小小孩玩跷跷板、滑滑梯，再和大一点的孩子玩海盗游戏。不过，大部分时间我是在做苦力：推着孩子们的秋千，让他们荡得更高；把小小孩抱到滑滑梯上，看着他们不出意外；还有牵着狗跑，或者说狗拖着我奔，我真没想通，为什么一只1岁大的雌性吉娃娃能跑那么快，把我拖得左跌右倒的。

吃的东西相当丰盛。火腿和切片面包，切成块的西瓜，3大包薯片，4大罐奶油，一个切好的蛋糕，一堆黄瓜，还有一脸盆没有洗过的、带着泥土的小番茄。

不过说实话，火腿真的很好吃，水果蔬菜特别新鲜（谁叫是刚从地里摘出来的呢），不同口味的奶油也超级可爱。

野餐的感觉真的很好，尤其是一大家子人一起吃东西的感觉真好。

8.15

知道我现在在哪里么？在Sachi家后院游泳池边的草坪上搭的帐篷里。

帐篷外一片漆黑，帐篷里有两张榻榻米，三个睡袋，三个枕头，两个iPod，一台笔记本，三个人，一条狗，一堆宠物小精灵卡。

小镇公园里的儿童游乐场

Sachi 和 Orion 在自家花园里搭帐篷

今天是个最完美的星期五，有生以来作业最少的星期五，没有顾虑地玩得最疯的星期五。

因为妈妈去医院做减肥手术了，我和 Orion 一放学就被接到了姨妈家。我们在瞬间换好游泳衣，扑通扑通地跳到游泳池里。5 个孩子——我、Orion、Sachi、Abbi 和她们家邻居的一个小孩。

我们在泳池里泡了 4 个小时，当中还玩了海盗抢占领地的游戏，最终因为我比较年长，攻击力太强，致使 Orion 和 Sachi 完败了。

中间我们吃了晚饭，自己做的热狗汉堡，真是好吃得想哭啊——牛肉的肉饼，猪肉的肉肠，加上香香的面包，浇上黄芥末、番茄酱，绝对是美味啊！（路人甲：一顿快餐就把你骗走了），不过真的很好吃，夹着自己在烤炉上烤出来的肉，真是别有风味的感觉。

写到这里我感觉又饿了。

马可波罗

8.16

一大早，我们在帐篷里吃了早饭，并且是在没有刷牙的情况下。这里的人好像早上都不怎么注意刷牙这件事，Orion 总是在吃完早饭之后才去刷牙的。

之后，大家一起去看了 Orion 的足球比赛。下午，一帮孩子又跳入了可爱的游泳池里，无休无止地在水里玩起了游戏。有一个游戏叫作“马可波罗”：一个人蒙着眼睛抓人，他要喊“马可”，其他人必须应声“波罗”，蒙着眼的人循声去抓，抓错了就要重新来过。当抓的人感觉被抓的人逃出了游泳池，可以喊“wet fish dry land”（鱼跑到了岸上），然后拉掉眼罩看，如果被抓的人的确在地面上，也算是成功抓到。

我估计我们从 2 点一直玩到了 7 点，在 3 点多的时候我饿慌了，爬上岸来觅了一下食，吃掉了两个热狗、一包薯片、一罐可乐，真是非常享受。

晚饭是我最喜欢的腊肠匹萨，是姨妈自己做的，饱满的馅料，香浓的芝士，等等，我又开始做广告了。

看到了萤火虫

8.16

我又裹在了睡袋里面，在昨天的帐篷里。

忽然感觉晚上的月亮像太阳一样，超级明亮。

现在已是 23 点了，可帐篷外面依然传来非常吵闹的声音，因为附近正在举办赛车比赛。就像是电影《头文字 D》里秋名山上的比赛一样，马达的声音低沉、刺激，不时还有摇滚乐，这种喧闹声和今天清晨帐篷外传来的虫鸣鸟叫声，让人感觉完全不同。

据说赛车会持续到 12 点。

现在把头钻出帐篷，能看到很多打着灯笼飞舞的萤火虫。

挑战一英里

8.20

很正常的一天，却很难忘。

原因就是体育课的 1 mile run。

原本在国内的时候，体育课最烦跑 800 米，虽然我是体育达人，可是遇到 800 米还是会崩溃，每次都是跑得嗓子发痒，人近乎虚脱。而在这里，体育课居然要跑 1 英里，那就等于是两个 800 米，这个可是要人命的事啊。

开始跑的时候，我感觉自己跑到一半的时候一定会放弃，最多走回终点。可出乎意料地，这 1600 米，最终还是坚持了下来。倒是一堆美国胖胖们都是走到终点的。不过我估计当时是人来疯了，在挑战新事物的时候，我基本都会像吃了兴奋剂一样。

和自己说完成一圈了，跑完两圈时对自己说 800 米的考试结束了。当时一点点累的感觉都没有，这个时候特别庆幸我的体能上去了。第三圈快结束的时候是最想放弃的，可是听到老师冲着我说"good job"时，就觉得现在放弃是不是太亏了，只剩下最后一圈了，所以即使到了极限，还是没有停下脚步，即使跑的速度很慢，但我还是非常想知道自己到底能用多少时间完成我从来没有挑战过的 1600 米。

9 分 04 秒！我的 1 mile run 成绩超越了我的想象，每一个老师都在对我说"good job"、"good run"。忽然间，我看到计分纸上还有 4 次 1 mile run，当时就感觉快要站不稳了。

从体育馆到跑道，要走 10 多分钟的路，去的时候我觉得，这是一个很好的热身，同时回来时也能让肌肉得到很好的放松。可是真的当回来的时候，我就有点没有想法了：我跑得都快虚脱了，还要走那么长的路。我边走边担心，就怕自己走着走着就昏过去了。

感受美式足球

8.22

我花了 50 美元，买了一张所有学校运动比赛都能免费进去观看的卡（其实就是提前付钱而已），然后我今晚就看了有生以来的第一场橄榄球比赛——我们学校校队迎战另外一所学校的校队，并且第一次就到了现场。

我们主场，队员巨多，比对手的队员要多 1 倍，红黑色的队服，帅得无法形容。还有训练有素的啦啦队，很有鼓动性地喊着口号。

整个比赛从天亮打到天黑，从 7:30pm 打到 10:00pm。我很慷慨激昂地看着这场不明白规则的橄榄球比赛，看着队员们一跑就被压倒，看着球在空中划出好看的抛物线，看着拼尽全力冲到底线的得分，即使我什么都不明白，但是我还是能感受到这是一场非常精彩的比赛。所有的观众都超级热血，鼓掌唱歌，大喊大叫……在 Touch Down[注]后追加得分开球时，所有的队员都会举起头盔，全场发出响亮的吼声，给踢球的那个人助威打气。

[注] Touch Down，是橄榄球比赛中重要的得分方式，即"触地得分"。

最终我们以 34 比 14 胜利了。

我们学校的橄榄球队，真的看上去非常专业。（他们从小就接受专业训练，能不专业嘛！）

有一个小插曲。另外一个从中国去交流的女生，从头至尾认为这是一场“football competition”，所以她看到啦啦队和橄榄球队员，都处于无视状态。中场的时候，她问我比赛是结束了还是开始了，搞得我非常茫然。到最后她要离开的时候跟我说，怎么都没有人比赛啊，到底有没有足球比赛？这个时候我才明白，她不知道在美国足球是叫 soccer，而 football 指的是橄榄球。

恐怖的组装活儿

8.23

忘记说了。

昨天外婆和妈妈买了一个直径约五六米的圆形蹦床，作为 Orion 的生日礼物。在这里，这种蹦床是小孩子们很常见的运动器械。

以前玩的时候只觉得真有意思，能跳得好高，昨天我才体会到，如果要自己组装一个蹦床，会有多恐怖。

我们全家人齐上阵，几乎花了两个多小时才把它拼起来。圆形的支架，撑脚，都是要一根一根拼的，完全不是我想当然认为的那样——复杂的撑脚原本就是那个形状。虽然支架的零件不是很多，但最难拼的就是圆形支架，一开始非常简单，但到最后把两个半圆合拢的时候，根本对不准，然后只能靠三个人的蛮力，把一边抬高（又很重），然后 Joe 使出吃奶的劲，尝试了不下 10 次，才终于搞定。

之后的工作就更繁琐了，同时也是很花力气的工作——装弹簧。不要以为非常好装，你想呀，那个很硬质的弹簧，要把它拉长然后扣到洞里，第一个很简单，但是对面的那一个就要用更大的力量拉，才能扣到那边的洞里。所以，这种纯粹靠体力的活儿，就全部交给 Joe 了。他一边装，一边擦汗，我则做他的下手，把弹簧先一个个挂好，然后

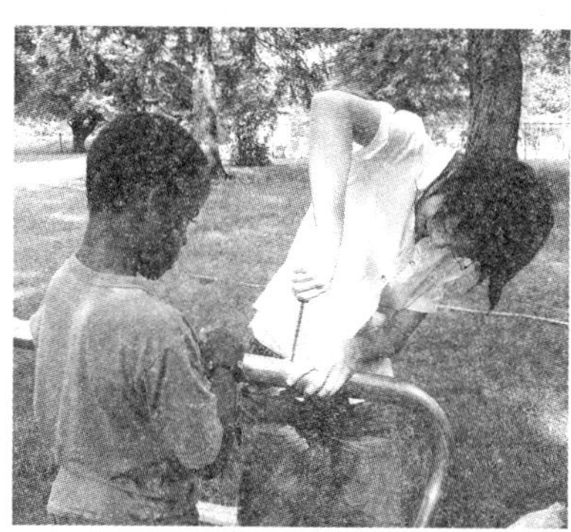

外婆、Joe、Orion 和我在组装蹦床

他来安装。

这一圈下来，Joe 基本上就歇了。

所以，最后绑外圈套子的工作就是我和妈妈一起干的。

这绝对是需要耐心的活，虽然只是一个个地打死结，但是这个巨大的玩意儿，好像绑不到尽头一样。

话说最终还是大功告成了。

整个工程我是从头至尾参加的，外婆参加了前半段，妈妈参加了后半段，Joe 选手最终以体力不支告负。嘿嘿嘿。

一开始嚷嚷得最起劲的 Orion 到头来是越帮越忙者，最终被勒令禁止参赛了。最后，在我们还没有完全扎好死结的时候，他就开始在上面活蹦乱跳，开心得不得了。

我也开心得不得了。

Bailey剪毛

8.26

一回家，Joe 就问我要不要帮他一起给 Bailey 剪毛。

这只大狗实在是很乖，趴在桌子上一动都不动，我们拿着电动剃毛器，非常轻松地在 Bailey 的背上画直线，黑色的毛都乖乖地堆积成一团。一只黑色的大狗，一下子变成了灰色。除了背上，其余地方还是有长长的毛，这个样子的 Bailey 真的很搞笑。

不过之后，它就开始不乖了。

肚子上的毛还好剃，脚上的毛只要抓住它就好，这还是相对简单的，但是一要剃它头上的毛，它就开始不配合了。一会儿抖毛，一会儿站起来，一会儿坐下去。女孩子嘛没有办法，爱美的心情我是可以理解的，但是它这样绝对给我们造成了巨大的困扰。我们怕毁了它的容，本来就不怎么敢下手，它这么动来动去，就更没办法完成了。

最后 Nicole 实在看不下去了，一把抄过机器，一边对着 Bailey 说好话，一边迅速搞定任务，这个“心狠手辣”的架势，让我们所有在场的人或者狗都望而生畏。

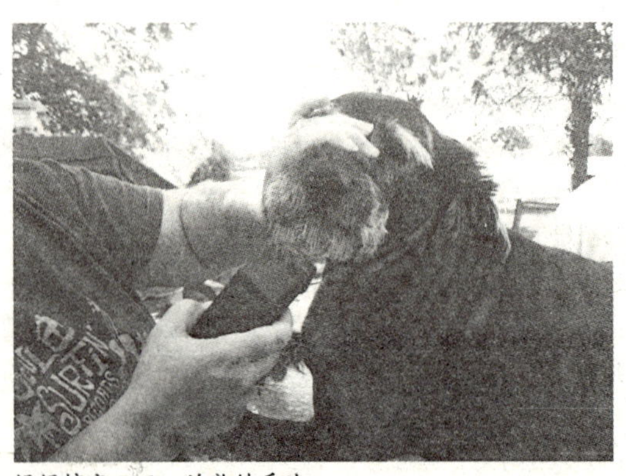

妈妈搞定 Bailey 的熟练手法

参加了一场婚礼

8.30

用着100码的速度，开车1个半小时，来到了位于Indianapolis北边的一个小城，一个带有高尔夫球场的公园，里面有一个姓氏Silence的人，今天结婚。

进门签到，把礼物放在桌子上，然后进屋。

这里的人送的礼物都很平常，也有送可充值的祝福卡的，但金额很小。我们家送了一个小相框，还有一张25美金的祝福卡。

我们3点半就到了。等了1个小时，婚礼才正式开始。

椅子5人一排，分成左右两组。屋子里的冷气开得非常凉爽，我看着窗外打高尔夫的人，感觉特别惬意。

婚礼进行曲毋庸置疑的是背景音乐。首先出来的是双方的母亲，点燃两支蜡烛，然后是两组伴郎伴娘，之后是一男一女的小花童，接着是新郎。新郎出来的时候不知道是谁吹了声口哨，颇有“哟，伙计，居然结婚了啊”的意思，惹得全场哄笑。

新娘挽着她父亲出来的时候，全体来宾起立，司仪念着我听不明白的祷文，结束后我们入座。

和我平时在电影里看到的婚礼没有什么不同，也是男方说我愿意，女方说我愿意，然后跟着司仪说无论生老病死等等的台词，然后从伴娘伴郎那接过戒指，互相给对方戴上。

不同的也许就是之后男女要用刚才母亲点燃的蜡烛，一起点燃中间的蜡烛。

最后大家按照和进场时相反的顺序，有秩序地退场。

整个过程因为太有秩序了，所以显得相当的无聊。

然后我们走出小屋，排队拿点心吃，小饼干，蔬菜，饮料，都是些点心，不过，马上就是晚饭了。

这个是和中国人完全不一样的。

中国人要在婚礼上拿最好的东西出来，而美国人就是异常随便，还是汉堡，色拉，蔬菜。

排着队，拿好一次性盘子，先拿切开的面包，之后选择鸡肉还是猪肉作为汉堡的内容，加上调料，接着选择色拉，是蔬菜色拉，还是通心粉色拉，还有烧得很奇怪的刀豆，最后自己挑蔬菜，有芹菜番茄黄瓜胡萝卜，沾着酱吃。

总归感觉怪怪的，即使那个汉堡真的不错。BBQ 猪肉就是好吃。

然后发生的事情还要奇怪，我被 Abbi 她们拖到公园里去玩，后来外婆出来说等下有 Chicken Dance，Abbi 她们就兴奋得不得了，冲到了屋子里面。

这下搞笑了，居然所有人都在跳很奇怪的舞，大概是在模仿小鸡走路吧。新娘穿着婚纱也在人群里面。

这简直是不可思议，居然婚礼变成了舞会，虽然中国的婚礼更加闹腾，但是这里的婚礼给人感觉就是非常随意，新人也没有刻意地成为主角。

回家的路上，看到了马。在这里我最早看到的不是宠物的动物，是鹿，在我到这里没几天的时候看到的，就在离家不远的树林里。起初是隔壁邻居先发现的，然后他拿着望远镜过来让我们看。非常清晰地，可以看到五六头鹿很安静地在树林的外沿慢慢走着。

我的房间我做主

8.29

期待已久的星期五到了，因为 9 月 1 号是美国的劳动节，又正好是 9 月的第一个星期一，所以，连着周末，我迎来了到美国之后的第一个小长假。

妈妈打算开始实施我还没到美国之前就在电子邮件里应允我的一件事——让我粉刷自己的房间。

晚上的时候，妈妈带着我和 Orion 去了一个很大的家装市场，选粉刷房间的涂料。想把房间刷成什么颜色完全由我来决定，甚至可以弄出各种花样，比如一种颜色打底，再用另一种颜色在上面做出斑点或条纹的图案。我怕添太多的麻烦，所以选择了不搞花样，但是我选了粉红色和橙色两种颜色来涂抹我的房间。Orion 听说我可以刷墙，所以也吵着要更换他房间的颜色，然后也学着样选了两种颜色——蓝色和绿色。

原本以为涂料的颜色是已经调好装罐的，没有想到原来是根据顾客的要求当场调配。在一个装着白色涂料的罐子里，灌入经过电脑配置的顾客需要的颜色，然后用机器搅拌摇匀。大概 10 多分钟，我们想要的涂料就配好了。

这个真的是一件非常神奇的事情，我都等不及要开始工作了。

为此，我还放弃了一个玩的机会。

今天下午的时候，Shelley 姨妈忽然打电话来说，他们一家星期天要去一个度假地，那里有水上乐园，我估计就和上海的热带风暴差不多,然后问我和 Orion 想不想一起去。Orion 当然没有疑问地选择去啦，我因为之前就已经跟妈妈说好这个周末要粉刷房间，所以就决定不去了，即使妈妈说如果我选择去也没有关系。

既然决定了要刷墙，就要好好干，不管怎么样，刷墙对我来说是一件十分新鲜的事，或许跟出去玩也差不了多少。其实还有一个原因，捣蛋鬼 Orion 难得消失，我还是趁这个机会刷完房间。如果他在的话，一天的活儿也许三天都完不成。

8.31

今天简直是忙死了，即使刚才看了一部电影，我还是觉得忙得要死，从早上起来到现在，完全没有休息过。

大约 9 点多起床，看了一个小时的电视，就开始刷墙了。

一罐小的粉红色涂料和一罐大的橙色涂料，原来准备用粉红色刷一面墙，其余的用橙色，然后忽然发现我们把天花板忘记了。先刷的当然是粉红色，用滚筒刷当中，用刷子刷靠近窗户和地板边缘的地带。最后发现，这罐小的，连一面墙都不够刷。

所以，大约在一个小时之后，我跟着 Joe 和 Nicole 出门了。

又一罐大的粉红色涂料到手之后，以为是可以回家继续工作了，没有想到，车停在了另一个商场的门口。

原来，明天要在家里给 Joe 的外公开 88 岁生日 party，所以要进行采购。

这次看来开销大了。虽说很多蔬菜我们家自己都有种，但自己地里种出来的东西要么巨大无比，要么就是畸形的。为了体面地招待宾客，还是要在商场里买形状比较“正常”的东西。

花了 80 多美金购买需要的食物之后，车又开到了另外一个小超市，为的是买便宜一点的牛奶。

Joe 戏称说，真恨不得家里养头奶牛。因为这里的牛奶需求量太大，至少一次就要买 4 加仑。

回到家，吃了商场里买的烤鸡和自己做的土豆泥，就又开始忙活了，足足从 1 点半，忙到了 5 点。

每一面墙都要在第一遍刷完干了之后再刷一遍，在要碰到窗框的地方，必须非常仔细，不能让涂料刷到木头上，所以刷得我都快变斗鸡眼了。

刷天花板比想象中要艰难，抬着头，用长柄滚筒刷，本来以为很好控制，其实力气完全使不对方向，往往都是用力顶着天花板。天花板的勾边更是辛苦。用小刷子蘸着涂料，生怕把橙色涂在了粉红色上面，小心地一点一点涂抹，就感觉窗户外面的太阳都落山了，我还没有搞定的样子。

最后在地下室清洗粉刷工具的时候，我在那里摆弄 Joe 他们乐团的架子鼓。Joe 见了就教了我几个最基本的打法。话说虽然我很有学习天分，但因为还是有那么一点害羞，所以敲得还是比较呆。

然后，Joe 就把电吉他插上音响，让我弹。

我当然也就很自然地拨弄出了那些我超级熟悉的和弦，之后就开始强悍了，Joe 跟着我的旋律开始打节奏，后来越来越激烈，这简直就是现场演奏的效果了。

Joe 还说，以后慢慢教我电吉他，这样加上他的架子鼓，就可以进录音棚了。

想着这些，看着自己粉红色和橙色的房间，感觉真的很开心，越发感觉无论是房间还是别的什么，都开始明亮起来了。

玩水的游戏

9.6

放学回家后，和 Orion、Sachi、Abbi 一起玩了一个非常新鲜的游戏。

先铺开一个充气垫，好像跑道一样，充完气四周会鼓起来，然后接上水管往气垫里灌水，之后水就会从四周的小孔里喷出来，一个小小的水塘跑道就完成了。

小孩子们都是喜欢玩水的。我们根本不会去考虑衣服是不是会湿掉，一个接一个地冲进被水淹没的跑道，膝盖着地滑得远远的，全身立刻就湿透了。这个游戏还可以借助冲浪板玩，踩着滑板很帅地在喷水的跑道上“冲浪”，不过最后所有人都得到了相同的结果——摔在水里。

Sachi 漂亮的冲浪动作

在养老院演讲

9.18

有生以来第一次走进养老院的大门。

来美国之前，准备了很多介绍中国文化的资料。有一天，Nicole问我想不想去给养老院的老人们介绍一下中国，我高兴地答应了。

下课后，Nicole 送我和从郑州来的 15 岁女孩 Sara，在 6:30 分的时候，到达了当地的一个养老院。

在一个像餐厅一样的大房间里，所有的老人都已经坐在那里了。

一些老人坐着轮椅，感觉有点偏瘫，行动不便。但大部分老人看上去都很精神。

我做了两个 PPT 介绍中国的地理概貌、传统节日和习俗，以及书法绘画、剪纸手工、瓷器餐饮等文化，老人们饶有兴趣地听，还不时向我们提问。有问关于政府的，有关于历史的，有关于我们孩子的。有些时候我也反过来问他们问题，比如在介绍了北京奥运会后，我给他们看“鸟巢”的照片，然后问他们有谁知道这个是什么？在老人回答出来了以后，我马上来了一句：“You've got 10 points.”老人们就哄堂大笑。说到美国和中国的距离的时候，我就说，你可以跟芝麻街的大鸟一样现在就开始在地上打洞，说不定什么时候就到中国了。当然这只是开个玩笑。之后有人问，你们家人是不是很想念你们？我就说：“是啊，但是他们没有时间挖地洞，所以……”反正老人们的笑声此起彼伏，我把演讲的气氛营造得非常轻松。

但是我感觉有些老人因为耳朵的关系，没有办法听清楚很多东西，所以没有能够很好地互动。

Sara 似乎很紧张，怎么说呢，也许还是因为她年龄还小，不太敢说，反正总是缩在后面，所以 90% 的时间都是我在不停地介绍情况。

老人们问的一些问题非常幽默，最搞笑的就是：“你们中国有没有电？”还有就是：“你们住的房子是用什么做的？”这让我感觉我能来这里跟他们交流，展示这么多反映中国真实面貌的照片给他们看，真是非常值得。如果不是这样，他们也许真的以为我们还像山顶洞人那样过着钻木取火的日子吧。

原本养老院没有跟我们说有时间限制，但后来却在我还没有把第一个 PPT 讲完的时候，院方的人就对我说还只能说 5 分钟了。

我只能对老人们说，因为时间的关系，我没有办法在今天向他们介绍中国的文化习俗，但是我非常希望能再来，为他们介绍更多有关中国的情况，还问大家欢不欢迎。我不知道他们是出于礼节还是真心，反正大部分人都表示非常愿意再见到我。

我是真的非常想再去，因为我觉得我还有太多重要的东西没有说，我也希望他们的负责人可以同意我的建议。

这真是一件非常有意义的事。

闪烁的牛奶路

9.27

到了晚上，我们又在后院生火烧树枝了，当然就又有了篝火，还是烤棉花糖和巧克力，然后夹在饼干里吃。

被篝火温暖着，我忽然发现天上有异常多的星星。我从来都不敢奢望能看到繁星点点的夜空，清清楚楚地看到我所熟知的那些星座。

Joe 是研读过天文学的，所以饶有兴趣地给我上起了天文课。在英语状态下研究天文，这真是一件非常好玩的事情，这也是我有生第一次那么仔细地研究着天上的星星。

言情小说里会说“我看着北方天空中最璀璨的星”之类的话，可

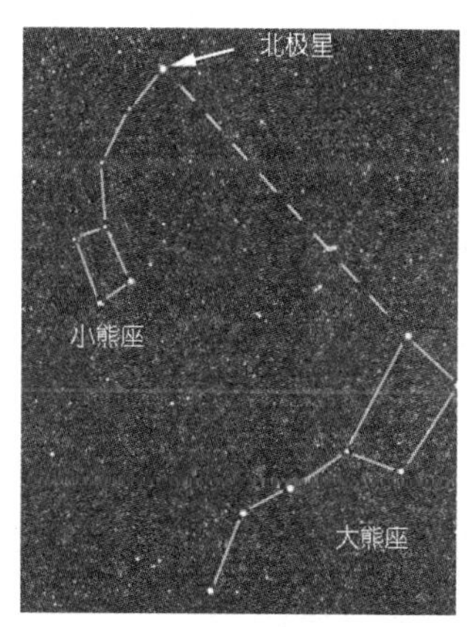

北极星是小熊星座中最亮的一颗恒星，也叫小熊座 α 星。它距地球约 400 光年，是夜空中能看到的亮度和位置较稳定的恒星，其质量约为太阳的 4 倍。在星座图形上，它正处于小熊的尾巴尖端。

我今天是真的看到北极星了。在北面，大、小熊星座干干净净地存在着，没有任何其他的星星围绕着它们。我看着小熊星座最右边的那一颗星星，惊讶地想着：我怎么可能看到北极星了呢！

之后我又突然间发现了巨蟹座。Joe 说，现在是观察巨蟹座、处女座和狮子座的最好时机。也许，我在这里真的能用自己的肉眼，看到所有的十二星座来着。

还有银河，那条 Milky Way，繁星点点的乳白色的星路。我此刻抬头看到的景象，比任何一张看到过的银河照片都要漂亮，所有的星星都聚在这条路上，有质感的银色闪闪发光，美丽耀眼到了无以言表的地步。

啄木鸟陪我做作业

9.22

放学回家在院子里做历史作业的时候，我忽然听见了非常奇怪的声音。循着声音望去，原来是树上有一只鸟正用它的嘴在那里敲打树干。

那应该就是传说中的啄木鸟了吧，终于亲眼见证了一下它的真实模样。

和记忆里动画片中看到的啄木鸟很不一样，完全就没有穿着白大褂、是树木医生的感觉，只不过是一只灰色的会啄树吃虫的鸟嘛！

如果要说更多一点的感受，就是比较惊奇地发现，原来啄木鸟可以在树干上面走啊！

扫树叶

11.5

Joe今天休息，所以我和他还有Orion做了一下午非常传统的秋天他们要做的事情——扫树叶。

树多了烦恼也就多了。虽说满眼的景色赏心悦目，特别是到了秋天，金黄的、红色的树叶覆盖着绿色的草地，美不胜收。但是秋风一刮，几天下来落叶就是厚厚一层。要是满地的树叶任其枯掉烂掉，那就不是一件好玩的事了。所以必须把树叶扫干净。

这个院子大了麻烦跟着也大了。不要以为扫树叶很轻松，拿个巨大的扫帚扫树叶，不停地把叶子扫在一起，是非常花费体力的。

我放学刚到家的时候，Joe和Orion已经把前院扫干净了。之后，还要做一件同样是非常美国的事情——跳进树叶堆里。

Orion为了给我做示范，不管三七二十一纵身一跃，然后就开始鬼哭狼嚎。为什么呢，因为他摔疼了。再怎么树叶下面也是结实的泥地，不是跳进游泳池啊。然后，他就被我嘲笑了一通。

真的是一件非常好玩的事情，跳到树叶堆里，然后搅乱树叶，之后再被埋起来，出来的时候，衣服里裤子里头发里，到处都是树叶。

之后，我们去了 Joe 的外公家，帮他家扫树叶。

虽说他家并不是很大，院子也不是很大，但前院后院一扫，也花了两个小时。

等我们回到家，似乎发现有什么不对劲。原因就是，之前 Joe 他们的劳动似乎都白废了。前院里又是厚厚的一层落叶。

解决的方法只有一个，重新扫。

这回动用了机器——用一个强力的吹风机，对着树叶吹，把它们赶到一起。这下效率是提高了，但同时也制造了很多噪音。

一个小时之后，我们又开始烧树叶了。把树叶堆在一起，一点火，漂亮的树叶很快就化为了灰烬。由于树叶很多，分批分期地烧，也花了很长的时间。烧完还要翻弄灰烬，不然它们会复燃。基本上要等它们复燃 3 ~ 4 次，才算完全结束。

还有一整个后院没有扫，而且还有好多树都没有开始掉叶子呢。

今后的任务还相当光荣而艰巨啊。

做窗帘

1.2

今天算是非常充实的一天。外婆一大早就来了，提议说要做窗帘，这让我一下子来了精神。

说老实话，我长这么大从来没见过缝纫机。Nicole 家的缝纫机是那种小型的电动机器，可以放在桌上操作。

其实没有想象中那么麻烦，在外婆教了一下之后，我就完全可以非常熟练地操作了，感觉我做女红还行啊。

可没多久，我就出了一个非常白痴的差错，撬边的地方，我折错了方向，还被我来回缝了两遍，必须要拆掉重做。这个返工的活儿几乎花掉了我 1/3 的时间，拆得我都快变斗鸡眼了。

所以，我基本上就是做了 4 片窗帘，花了大概 4 个小时。

在做第 4 片窗帘的时候，我发现自己已经能毫无差错地操纵缝纫机了，这让我感受到了无比的乐趣。当然，在妈妈下班回来发现我们做了新窗帘时脸上那种诧异的表情，更让我收获了巨大的成就感。

奇特的篮球赛

1.23

晚上的时候，我们一家去看了一个非常奇怪的篮球比赛，在一个叫 Caston 的学校，Joe 以前在那里读过书。比赛 7 点半开始，但我们 5 点半就到了。为什么到得那么早呢，据说是为了吃炸鱼排。

在 Logansport 住了 5 个月，我的确已经意识到这里很少吃得到鱼。印第安纳州位于美国的中部，而 Logansport 又是一个小镇，所以很少有鱼运到这儿来。这样我就理解了，为什么冲着这个鱼，大家会这么兴奋。

大家高高兴兴地吃完炸鱼排，还是只有 6 点多。我们就那么傻愣愣地又等了 1 个多小时。

这个名叫 donkey basketball 的比赛真是让我大开眼界，说得简单点就是骑着驴打篮球。每个参赛者都牵着一头驴，抢球、运球、带球

的时候都必须牵着驴不能放手，但投篮的时候必须骑在驴背上。

这下绝对是幽默了，要知道驴有时候根本不听话，明明球就在眼前，但驴子就是不肯再往前走，死命拉着驴的那个人伸长着手臂却又鞭长莫及的样子，实在是很搞笑。另外，驴子非常不喜欢被人骑，所以不断地尥着蹶子。而且场上的驴子很多，有时候真的为运动员们捏把汗，他们不光要留神自己牵着的驴子，还要时刻提防别人的驴子踢到自己。

话说这个比赛不是看队员的配合或投篮的技术有多好，而是纯粹看人怎么和驴子搏斗、驴子又怎么把人从背上摔下去的表演。整个比赛过程中，观众们前仰后合地笑痛了肚皮。

在半场休息的时候，所有 12 岁以下的小孩都可以去骑驴，Orion 也去了。

我最想不通的就是，这个学校为什么每年都会有这么个奇怪的比赛。让那么多驴跑到体育馆里，他们就不怕驴突然被自然召唤一下，这个地板不就完蛋了吗？

第一次滑雪

1.31

家里水果变多了，和刚来的时候形成了巨大的反差。

可能是到了冬天，水果的价格便宜了吧。菠萝 1 个只要 1 美元，所以我们一买就是 3 个，还有冷冻的草莓、黄桃、芒果，再加上橙子、苹果和香蕉，反正就是吃得很爽。

然后要说今天最开心的事，就是有生以来第一次玩了滑雪。不是踩着滑雪板在正规的雪道上滑雪，而是坐在塑料板、充气垫里，从凹凸不平的小山丘上往下滑。

本来早上是超级冷的，可一到下午太阳出来了，外婆和妈妈就说要带我们出去滑雪。

在一个空旷的山坡上，已经聚集了不少出来玩雪的孩子们。他们

拿着各式鲜艳的滑板，忙碌地滑下去又爬上来。而大人们都站在山坡上，经受着寒风的考验。

刚开始的时候我完全没有胆量去玩，感觉在如此不平整的山坡上，随时都有可能在半道上“翻船”摔跟头。可是看着 Orion 玩得那么欢快，心里就痒痒的。和 Orion 一起滑了一次之后，就那么一发不可收拾了。

完全没有想到，就那么几乎是贴着雪地滑来滑去，都能浑身冒汗。说实话，往下滑是很简单的，坐或者趴在滑板上面，腿一蹬就这么下去了，可是要从坡底再上来，又是很滑的雪地，那就有相当的难度了。到后来，我上来的时候基本就是用 4 条腿的。

想想这个运动量，其实还是挺大的。

回来的路上，我和 Orion 头顶上都冒着热气，但妈妈和外婆感觉都快冻僵了。也难怪，她们在这样的天气，在山坡上站了那么久。

还是很想再玩的。

可是因为晚上要去看电影，所以没时间了。

做了一小时营业员

2.1

以前一直喜欢在电脑上玩经营类小游戏，比如卖冰激凌和水果然后再收钱之类的，没想到今天玩了一把真的。

Orion 今天篮球赛结束后，大人们说我们要到赛场边上的小卖部帮忙 1 个小时，我一听就来劲了，这种事除了我还有谁能做 ?! 我就抱着这样的心情做起了小卖部的营业员。

玩游戏的时候我就经常想，要是真的让我在一个什么地方卖东西，应该比玩游戏要难吧，会不会搞错钱啦，速度会不会太慢啊。可是事实上要是真的喜欢这件事，做起来还是很轻松的。

我就觉得自己怎么那么牛，看着外国人异常沉着地问他们要什么，问好之后就去做热狗啊，倒饮料啊，收钱找钱也感觉只是小学数学而已，没有什么困难。

1 个小时，我就觉得怎么过得那么快，我真的是能做一整天这样的事情，感觉非常好玩，真人过家家的样子。

当然，这中间我什么错都没有犯啦。

旅行的冲突

3.8

今天 Joe 和我去参加了 YFU 的聚会，我带去了自己烘焙的蛋糕。

在培训结束之后，大家开始讨论 3 月 28 日 YFU 要组织各国交流生去美国东海岸旅行的事。就在我开开心心地和大家说着谁谁谁会去的时候，Joe 突然拉了我一下说：“你知道我们家放春假时要去佛罗里达的是吧？”我就很费解说：“是啊，所以呢？”他就说：“我们回来是 29 号，所以你要选一个，是去佛罗里达还是去东海岸。”在我还没有反应过来的时候，Joe 又补充说，家里出去旅行的事情都已经定了，当时他不知道 YFU 东海岸旅行出发的时间是 28 日。

等我想明白的时候，我真有拍死他的冲动。当时填 YFU 旅行表格的时候是他签的名，现在居然跟我说他不知道出发的时间。之前 YFU 组织去西海岸的旅行就是因为他们拖沓，导致我没去成，我已经很难过了，居然现在又要我在佛罗里达之旅和 YFU 东海岸旅行中选一个，这种决定让我怎么做呢。

3.9

今天想了一整天旅游的事情，也和化学老师聊了这件事，她建议我说，可以先跟家里人一起去佛罗里达，然后在28日自己坐飞机直接飞到华盛顿，与YFU的同学会合。然后我就和德国来的交流生Babs讨论了一下，因为她住家的妈妈就是YFU的工作人员。Babs说，其实她也想到了这个方法，但昨天她和她妈说起这件事的时候，她妈妈说可能性不大。等我回到家，Joe告诉了我一个好消息，说YFU办公室的人来电话说，我可以单独飞华盛顿与大部队会合，只不过机票要自己解决。

我一下子看到了希望，终于不用在两个旅行中作艰难抉择了，而且自己上网订机票、独自从佛罗里达坐飞机去华盛顿寻找大部队，都是极好的锻炼机会。

布置婚礼会场

3.14

虽说今天是星期六，但还是和平时上学一样，早上6点半就起床了，因为今天我要和妈妈一起去一个地方，为别人布置婚礼会场。

Joe要陪Orion去Kokomo参加一个钢琴比赛，所以外婆就过来帮我们的忙。

把妈妈用纸和布亲手制做的那些几可乱真的花束、花篮、花带，还有桌布、玻璃碗、蜡烛之类要布置的东西全都搬到车上，就发现怎么会有那么多东西啊，居然还有支架什么的，后面的座位都翻起来了，一路上我像是被关禁闭一样坐得很不舒服。

到了婚礼现场，一进门我就感觉，要做的事情可真不少！眼前是乱七八糟一大堆不一样颜色的桌子和椅子，我们几乎花了1个多小时，才把这些桌椅摆放整齐，一排桌子用一个颜色的椅子，然后再把多余的椅子藏起来。做完这些，我已经热得都想跳到水池里去了。

后来我就一直在铺桌布，为什么呢，因为那些桌布是塑料的——

妈妈和外婆最讨厌的东西。不管她们怎么铺，都会在桌布和桌子当中夹上一层空气，出现很多气泡怎么都弄不掉。我倒是从来没有碰到过这样的问题，于是就勇挑重担，把铺桌布的活儿全都揽了过来。

其实这也是要有一点诀窍的，桌子是塑料的，只要在桌布和桌子之间先制造点摩擦，搞出点静电，就可以让桌布乖乖地贴合桌面，解决出气泡的问题了。

一共 25 张桌子，铺完桌布以后，我就开始摆放桌上的东西，每张桌子上有一条花带，还有两个装了鹅卵石的小鱼缸，倒入水，把蜡烛放在里面，再把大大小小各式巧克力堆放在桌上。

我完全就乐在其中了的样子，感觉这是我第一次作婚庆布置，每个做新娘的人都想要得到最好最美的东西，无论怎样都不能让新人留有遗憾。虽然这是别人的婚礼，他们也不会知道有个东方来的小姑娘，曾在他们的婚礼之前，为了消除桌布下面那些气泡在那里费尽心机，但我还是要把每个细节都做到完美。所以我会把所有的椅子都对得整整齐齐，把桌上的东西也摆放得非常对称美观。新人的家属来看了会场之后，都在那里赞不绝口。

原本妈妈觉得今天的布置工作时间会来不及，因为出门前她丢三拉四地两次折返回去拿东西，耽搁了好些时间。但在我天才超人的帮助下，我们居然提前了一个小时就做完了所有的工作。

我们没有留下来参加婚礼，而是在结束了工作之后就撤退了。

对我来说，这是一段无法忘怀的美好经历。

无证驾驶

3.19

放学回到家，Orion 让我和他一起去前院打篮球。妈妈为了多给我们点地方玩，说让她把车倒到后面去点。可她忽然改了主意，冲着我说："Wind，你去倒车好了。"我当场就石化在那里。虽然我已经过了 16 岁生日——在美国已经可以考驾照的年龄，但我却是从来没有操纵过方向盘的人（除了碰碰车。P.S. 我是 PPCar 达人）。

不过，说老实话，我真的很想尝试一下。然后我就发现，我居然坐在驾驶室里了。

其实开车应该是很简单的，自动档的车，我只要管刹车和油门就可以了，但诡异的是，自我感觉是在很轻地踩刹车，但反映出来的就是在急刹车。

不过还是很激动啊！我就这么倒车、前进，倒车、前进了好几次，最后得出的结论是，打死都不能让别人坐我开的车，会出事故的。更何况我还是无证驾驶啊。

妈妈还说，什么时候带我到郊外去让我学开车。

我的prom裙子

4.8

居然还只有两个星期，就是我们的毕业舞会 (prom) 了。时间真是不会走，只会飞的。明天开始我就要做我的裙子了。

4.9

做裙子还是挺好玩的，感觉并不会很难。

买布料的时候附带有裁剪的图纸，我先把图纸剪下来订在布料上，然后沿着边缘剪下去就行了。

和妈妈一起去买布料的时候，我就说那种丝绸的布料似乎很容易看透，但她坚信说没有关系。可今天她仔细看了摸了那块料子之后，就觉得确实必须再去多买一些衬里。

4.12

今天学校没有训练，所以我就按时回了家。Joe 终于帮我把裙子的衬里买回来了，我就开始高高兴兴、勤勤恳恳地琢磨我的裙子了。

4.13

开始做缝纫的活了，发现还是有一定难度的，时不时要返返工。原来做裙子，真的是要花很长时间的。

4.14

今天终于把上半身全部做完了，超级兴奋，希望我能在明天全部完成，不过明天晚上我有个 party，所以时间就不是很充足。

想想真快，一晃 4 月份已经过去了一半，离 prom 也就只有 3 天了。虽然我的裙子还没有做好。

4.17

终于，我的裙子在我装错 3 次拉链、不断地返工之后，在凌晨两点钟的时候，差不多做完了。

在做的时候，完全就没有感觉到累，人沉浸在一种超级兴奋状态，不过更多的是担心，怕做不完，怕效果不好。当然，后来确实是穿不上去了，拉链就那么卡在那里，我只能把它拆掉重装。（难道我胖了 ?!）第三次返工后试裙子的时候，我一直在那里求爷爷告奶奶，最后真的就那么拉上去了，超级神奇。

其实在拆拉链的时候，我真的是感觉很困了，不过后来裙子能穿上去了就又不累了。明天起来还有一条腰带要做，谢天谢地就终于是大功告成了。

赶紧睡觉去了，我可不想明天带着黑眼圈去 prom。

4.18

不是我说，我的裙子真的成为 prom 上的亮点了。昨天学校里就有人在那里放风，说 Wind 自己在做 prom

裙子，搞得大家都在那里期盼。今天真的看到之后，居然没有人承认那裙子是我自己做的，都认为我是在骗人。

不过也好，证明我的强大是吧。

prom 的舞裙对女孩子来说，其意义不亚于婚纱，所以一般都会结伴去商店精心挑选试穿购买一件漂亮而且昂贵的礼服。但在妈妈的鼓励下，我选择了自己亲手制作 prom 裙子这一更有意义的尝试，而且是我有生以来第一次学着裁剪制作衣服。尽管它没有商店买来的礼裙那么做工精致，但从头到尾是我自己裁剪缝纫的，它所带给我的快乐和成就感，是再美的裙子都无法替代的。

第一次钓鱼

5.23

非常强大啊，气温已经爬升至 90 华氏度[注]，然后家里就开空调了。

一早起来就去了外婆家，帮外婆做蛋糕。等快中午时 Orion 和 Joe 棒球训练回来，我们又一起去了 Shelley 姨妈家。从这时起，这一天就有趣起来了。

我有生以来第一次体验了钓鱼的乐趣。

钓鱼真的能算是体育运动。在大太阳下面站那么个几小时，你说能出多少汗，需要多少体能吧。

比想象中要简单很多，就是把鱼线甩出去而已，我没甩两次，居然就第一个钓到了鱼。

之后我又钓到了一次，但是都是小鱼，不是我们想要的大鱼。

然后，外公就开始考验我了——让我自己挂鱼饵。鱼饵有两种，一种是假鱼，另一种是蚯蚓。有挑战性的是蚯蚓。这大概是我第一次和这种被我看作是虫的生物如此大面积地接触，当我摸到它们的时候，差点没吐出来——是活的蚯蚓啊。我就那么表情纠结着、大呼小叫地装了有好几分钟，终于自己把它们装上去了。

[注] 摄氏度 =（华氏度 - 32）÷ 1.8

之后再装，我就不再恶心它们柔滑蠕动的身体了。

接下来一次钓到鱼，是在我过去帮外公解他的鱼线时，发现怎么我的鱼竿那么沉，我本来以为已经收线了，可是它居然还在水里，就那么在不知不觉中钓起了一条鱼。

后来，我又拿了一根用假鱼作诱饵的鱼竿跑去钓鱼。

这种鱼杆和装蚯蚓的不一样，是没有浮标的，所以我就问外公怎么知道我吊到东西了呢，外公就说，凭手里的感觉啊，你拉拉看。

然后我就轻轻拉了拉鱼线，这一拉拉出问题了，我居然钓到东西了，而且感觉完全拉不起来，看到水里的影子超级大，我就异常兴奋。最后发现居然是条鲫鱼，就是我们一直想要钓的那种鱼。

太强大了。第一次钓鱼，我不但钓到了 Shelley 家后院小河里所有种类的鱼，还缠了两次树，浪费了一个钩子，浪费了一条假鱼。

就是说，所有可能发生的事情，我都尝试了一次。

五彩校园

School Life

想突破语言障碍取得全A成绩，要付出多大的努力？想和美国学生拼体力，在球队和运动队里得到肯定，又会遇到多大的挑战？在校园里，我又能交到多少朋友？事实上，LHS不光拓展了我心目中校园的空间，也赋予了学校生活更广阔的内涵。

What did it take to study all in English courses and ace all of them?
What did it take to compete with the American students?
How many friends could I make?
In fact, LHS not only broadened my view of a high school campus but also added new meaning to school life.

下课后的百米冲刺

8.12

完全还没有作好充分的心理准备，今天就已经开学了。比中国早了20天。

神啊，我的这个学校简直可以用浩瀚来形容了。虽说进一个规模巨大的学校是我的夙愿，可是这个学校也太大了：各种各样的教室、餐厅、体育馆、运动场，还有游泳池、网球场、足球场、橄榄球场等

N 种我不一一列举的地方。虽说那天来注册时，Joe 带着我到处都转过了，但我还是完全没有记住哪个教室在哪个方位。

LHS（Logansport High School）的吉祥物 Felix

选好课之后，我发现了一件让我崩溃的事——学校庞大的教学楼从 A 到 H 共分 8 个区域，我上课的教室几乎覆盖了所有的地方。

A 和 C 是礼堂，B 是体育馆和更衣室，D 是餐厅，H 是专业课程教室，除去这几部分不说，我体育课在 B 区，摄影在 E 区，化学课在 F 区，历史、英语、数学在 G 区，大众传媒课在 H 区。

美国学生每人会有一个放书和衣物的柜子，叫 locker。我的 locker 在 F 区，而主要的课都在 G 区。虽然 F 和 G 在字母表里排得很近，但在我们学校，这两个区域就是看着近在眼前其实是远在天边了。

两节课之间只有 6 分钟休息时间（我一直不明白为什么不是 5 分钟或 10 分钟，而是这么个奇怪的时间），我要从这个教室出来，冲到 locker 那里换书，再冲到另一个教室上另一门课。而且我开那个 locker 至少要两分钟，因为它的锁跟保险箱一样，是用密码转的，我用起来很不熟练。再加上对教学楼各部位还不熟悉，即便手里拿着地图，即便曾经在小学时得过定向越野的奖项，可是在这种人生地不熟的地方，这些又有什么用呢？

我感觉在这里上学都不需要参加什么体育活动就能得到很好的锻炼，因为下课时如果不用百米冲刺的速度在教学楼里穿梭，我必定每堂课都要迟到。大约估算了一下，下课的这 6 分钟时间，我跑动的速度要比在国内 50 米测验的优秀标准还要快。虽然这么说有点夸张的成分，但这真的是一个很大的挑战啊！

我的课程表

8.13

我的课有趣得要命，上午全是玩的，下午全是主课。

一天七节课，每天的课表都完全一样。

第一节体育课，是一个胖胖的男老师。我们上课是要换衣服的，不过是从明天开始。体育馆里非常热，但体育馆最好找，其余的教室我总是要绕好大的圈子。

然后是摄影课。就是拿个照相机拍自己喜欢的东西，老师是一个看上去很随意但是有一堆规则的女老师。因为这节课，我遇到了我们学校很多讲西班牙语的学生，而和我相邻而坐的 4 个人，没有一个是来自英语国家的。摄影课是最有趣的，会有很多时间在暗房里工作，这对我来说，绝对是一个大挑战。

之后是传媒课，主要是学与电视台运作相关的技巧。老师有两个，一个比较年轻，另一个年长的男老师似乎阅历非常丰富。教室里的设备超级好，iMac 的电脑人手一台，录影棚超级大，有很先进的设备，我都觉得就是真正的电视台了。这节课我觉得会是最大的挑战，包括很多术语和很多电脑操作。

第四节课是美国历史。这节课有趣的地方就在于被午饭的时间“劈”成了两半：先上 25 分钟课，然后有 30 分钟的吃饭时间，然后再上 25 分钟课。老师是一个脾气很好的年长的女老师。第一天上课时我搞错了吃饭的时间，所以上一半 30 分钟没有进教室，老师也没有说我什么，还很 nice 地和我说了很多教室的规定。不过，这门课的回家作业真是变态啊！那些单词我读都读不清楚。我想，历史应该会是最困难的科目了。

后面就是英语课了，老师是个嗓门很大的年长的男老师，这个老师也曾经是 Joe 的老师。Joe 说他很有趣，说话很幽默，但是我完全就没感觉出来，因为课上他说的话我没有几句是听得懂的。这个老师规定非常多，每天上课前还会抽人讲时政，记录平时成绩。也许英语课会是最难熬的。

接下来是化学了。老师是个中年妇女，性格很活泼的样子，课堂气氛超级轻松。

最后是数学课，老师是个胖胖的女老师，上课纪律超级严格，她也是唯一一个给我们排座位的老师。不过看得出她是一个非常耐心的人。我看了发给我的书，有些内容是我们国内小学、初中就教过的内容，感觉异常简单。所以，也许数学课是最容易让我睡着的课，因为是最后一节课，既简单又安静。

像家一样的教室

8.14

说说我上课的教室吧。

每一个教室都像家一样，墙上贴满了海报，都有国旗，很人性化的布置，并且很符合课堂的气氛。

摄影课教室

数学课教室

每个老师都有自己专门的教室，所以他们都会想尽办法来把教室打扮得亲切和温暖。学生来上课，就像是进了一个家。

摄影课的教室挂满了已经毕业的学生留下的作品，靠墙的一排橱上放满了可以作为摄影材料的物件，像小木马、南瓜等等，还有两个水池和洗手液（因为冲印照片会接触到化学物品）。

传媒课除了有一个录影棚外，还有一个专门的教室，明亮而又洁净，墙上的展板都是报纸海报，还放着很多电视机和电线。

历史课和英语课的教室很相似，国旗、地图、很幽默的海报随处可见。历史教室更多的是地图，还有历届总统的头像和可爱的小饰品，英语教室更多的是搞笑的海报和励志的标语。

化学教室那就相当神奇了。墙上贴着元素周期表，还挂着一件印着元素周期表的 T 恤和两个穿着实验服的玩偶。有很多的实验桌椅和实验用具。教室里还放着一个很大的鱼缸，但里面养的不是鱼，而是一些小乌龟什么的。教室的白板边上还意外地挂了一串红辣椒。

数学教室也是干干净净的，放了很多植物。白板的上方挂着长长的一串数字，那是圆周率的前几十位数字，黑板的一侧居然还挂着一个马桶盖，上面贴着老师自己的照片。她开玩笑地说，上课时如果谁要去卫生间，就把这马桶盖挂在脖子上当 pass 好了。

文理科的差别

8.14

原本说今天历史有小测验要默写单词，可居然是“狼来了”。我昨天辛辛苦苦地与混血儿、游牧民族、启蒙运动这些单词搏斗了一个晚上，今天代替默写的居然是看动画片史奴比。

更让我无语的是，历史没默写，英语却来了个没打招呼的测验。

老师发了一本书，貌似全是卷子，然后让我们从第 3 页做到第 12 页，一共 12 大题。这个简直要了我老命了。第 5 大题是词义辨析之类的，就是用哪个词合适，我没一个认识的。然后是找语法错误，我还是没一个认识的单词。再后面是选择意思表达最简洁也最清楚的句子，这部分还好做一点。更多的题目类型，是我看都看不懂的。最后大概 20 道题全部都是阅读理解，一篇阅读最多两道题，所以要看十多篇文章。这简直就把我搞疯了，而且时间完全不够用！

只有化学和数学才让我觉得比较放松。那些题目我觉得就连中国的小学生也都能轻松完成。

化学课的课堂练习，我可以在别人只做了 4 题的时候就做完 25 题。化学老师在上完课准备给我们做练习的时候问我：你想不想上 AP 化学[注]？“哗”地一下子，全班人都用着那种超级惊讶不可思议等等你能想到的赞美眼光看着我，感觉真好得不得了。然后老师就把 AP 的书给我看了，基本上都是国内高二要上的有机化学、原电池之类的内容，其实我特别想上来着，可是看着那么多英语单词的书，想到很多化学元素我都不知道它们的英文名字，化学又有很多专业术语，然后就放弃了。我已经要对付英语、历史课那一本本厚重的堆满生词的书了，再让我对付一个专业性的化学，我可受不了。

一直忘了说，我是坐校车回家的，大概 10 到 15 分钟就能到家，开车的是一个上了点岁数的女士，人看上去特别和蔼，会提醒我们有没有上错车。但说实话，她车开得非常快，让我一下子联想到了那种

[注] AP（Advanced Placement），中文一般翻译为“美国大学预修课程”。美国高中生选修这些课程，参加 AP 考试得到一定的成绩后，可以获得大学学分。

特别恐怖的电视剧，里面有老人在那里飙车，反正给人很惊险的感觉。

明天我要去报体育社团。很好，我一定要打棒球。

8.15

一大早体育课让我们做俯卧撑和仰卧起坐，俯卧撑要做 30 个，撑起来的时候还要击掌，这个简直就是不让我活了。之后摄影课让我们看怎么洗照片，再之后传媒课要做电视台的采访。几天下来我发现，原来以为是玩的上午的课，才是最难熬的。因为有很多不懂的东西，只能看着别人做才知道自己该怎么做，非常地尴尬。而且上午的课才是真正锻炼英语能力的。

在抄了半节课的历史课板书之后，终于熬到了午饭时间。我吃了好多蔬菜。下半节课继续抄板书。老师用的是投影仪，一张一张地换幻灯片。上面的字非常小，而且全是我不认识的字。看着老师发的阅读材料，我只能一个字一个字地查，我才查完一段，别的同学都已经读完两页了。

英语课依旧是做测验。我拿着个词典，在那里看题目要求我们干什么，这下可好玩了，单词是查出来了，但还是完全不能明白题目的要求。看着美国学生一会儿一个交卷，我真有冲上去把他们的答题卡抢过来抄的冲动。

不过，英语课和历史课即便就是做出很差的成绩来，老师也不会怎么说我，再怎么说我只不过是个外国交流生。虽然这样说不太好，但这个就是事实。

然而，理科的情况就完全不同了。化学老师好像挺喜欢我的样子，我花了 5 秒钟做了 5 道题得了满分，虽然这是理所当然的，但在美国老师的眼里，这简直就是不可思议的事。

化学课上老师出了几道题，我的同桌让我教她，这下我知道了，中国人绝对不能去美国当老师，这个绝对是要疯的。他们连每平方米 2 克换算成每平方厘米多少克都不会，其实他们连从千克到克的换算都要算很久，这个我怎么吃得消。

最终他们只是抄了老师写出来的答案。

我的中文名字

我们的英语老师 Mr.Davis 曾经当过小镇的镇长

8.16

开学第一周，最有意思的就是听老师念我的中文名字。

我注册表上的名字是“Yijing Lu”，但同时也有英文名字“Wind”。老师们肯定对来自东方的学生有很大的兴趣，特别是想尝试一下中文的发音。他们的脸先是扭曲出很幽默的表情，然后抬起头看着我说：“是不是叫 xxx？”然后我就用很清晰的口音说了一遍“Yi Jing”，他们再念错。就这样不断地反复，最终很多老师放弃了这样的尝试，改叫我 Wind 了。最幽默的是我的英语老师 Mr.Davis，把我名字念成“Ye Qing”，我真不知道他是怎么办到的。

过了两天，我走进英语教室的时候，就听到 Mr. Davis 慷慨激昂地大喊了一声：“Oh! Sara!”（Sara 是另外一个从郑州去的交流生。）

我当时一下子就石化掉了，僵在那里有好几秒钟，苦笑着说：“I'm not Sara.” 于是 Davis 先生又大叫了一声：“Oh! Qing Jing!” 我又被冷了一下，脸部肌肉再次抽搐着纠正他：“Yi Jing.”

又过了一天，Davis 先生开始叫我 Jia Jing 了。至少他会念我名字最后一个字了。

不过，Mr. Davis 是唯一一个从头至尾坚持叫我中文名字的老师，这点让我还是感触颇深。所以最后，我放弃了纠正他发音的努力，随便他叫我什么 Jing 了。

两周感想

8.18

学校的生活似乎已经进入了正轨。

能很轻松地找到教室，计划好哪些课之后能去我的 locker，选择哪条最近的路线，中午吃哪份 1.45 美元的午餐，等等。

体育课依旧是基本的训练，后天会有一个 1 英里的长跑，相当于两个 800 米，这个会要我老命的运动。

历史课依旧什么都听不懂，仍然会时不时看看史奴比来学习历史。历史老师曾经说过，史奴比是一只非常神奇的狗。

英语课依然听着 Mr.Davis 巨大的嗓门，纠正他把我和 Sara 搞错，无视他叫我 Jia Jing。

后面的两门理科，更加是早早地适应了。

刚才在看一部电影，侦探类的。根本不能理解演员的台词，可还是看得津津有味。没有中文字幕也不觉得奇怪，好像没有字幕是天经地义的。虽然还是有着巨大的语言障碍，可是我的交流心情似乎和 YFU 告诉我们的不太相同。

没有觉得异常兴奋，也没有特别失落，即便有时相当茫然。

别人一直会说：你很想中国很想家吧，可事实上我一点这种心情都没有。我一点都不想家，一点都不会想爸爸妈妈正在做什么？外婆身体好不好？（爸爸妈妈你们不要歪曲我的意思，我只是没有想这些问题，而不是不想想。）只是觉得听到或者看到中国很亲切而已。我认为我都快忘记原来的生活了，我感觉我在美国才是正常的。

在这里也没有遇到 YFU 培训时说的很多问题，连食物上的问题都没有。大概是我们家的东西太好吃了吧。

也许，抱着随意一点的心态，一切会适应得更快。

谁知道两个月后，我是不是又会回到 YFU 所说的低潮期呢？

朋克女孩

8.22

Heather 是我结识的第一个美国朋友，她和我一起上化学课。

晚上我和 Heather、Megon、Natasha 等几个同学一起在学校看完橄榄球比赛之后，听说在学校餐厅还有一个舞会，我很想去见识见识，但因为校园实在太大，我根本不知道从球场到餐厅该怎么走。Heather 马上自告奋勇地为我带路。

到了餐厅门口，她停下脚步，连问了我 3 个问题：身上有没有带钱？是不是带了学生卡？在舞会上能不能找到朋友？在所有的问题得到了我肯定的答复之后，她和我说了再见。

我这才明白她其实是不去舞会的，而只是怕我在校园里迷路才陪我走了那么长一段路，而且到了门口还像家长一样为我操了那么多心。

就是这么一个热心人，有谁可以想象到她是一个头发染成一半黄一半蓝，打了两个唇环，非常朋克的女生呢？

Heather、我和 Megon（左起）

英语课天旋地转了一下

8.22

体育课我们开始玩橄榄球了，一共有 8 节课的课时，老师把每天的内容安排都写了出来，这个是有利于我们的，所以我就发现，居然有笔试的测验。从来就没有想过体育，或者说橄榄球可以出什么笔试题，这个简直就是在难为我嘛。

英语课终于开始上美国文学作品了。第一篇上的是 Miller 的 *The Crucible*。只不过是一个作者介绍和 Salem Witchcraft Trials 的简介[注]，就把我蒙得晕头转向了。一共是 4 幕剧，140 多页。忽然天旋地转了一下，我就发现我死掉了。

我相信，今后的英语课我就可以和词典搏斗了。

一个学生自杀了

8.25

其实今天是异常地不想写日记，因为会想起学校的事情。

很多人都是中午吃饭的时候就知道了，而我是下午最后第二节课才知道这个消息的。

化学课的时候我的同桌看上去很不高兴的样子，出去上了趟洗手间，回来时眼睛就红红的了。当时我还觉得很有意思，因为前面一节英语课的时候，我的同桌一直在哭。我还以为她们都失恋了呢。

后来，我化学课的同桌就一直在和老师说话，说着说着所有的学生都加入进来了。我一直听着，虽说完全不明白他们在说什么，只听出来似乎有谁死了。

然后在最后一堂数学课快结束的时候，学校的广播似乎也说了

[注] 美国作家米勒和他的名著《塞勒姆女巫审判》

这件事情，而且说了很长的时间，说话的人声音很低沉，所有人都认真地听着，最后还起立默哀，说了每天早上都会说的：...one nation, under god... 之类的祷文。

最终我知道了，原来是我们学校边上一个初中的 7 年级学生，因为对世界失去了希望，在大前天，也就是星期五晚上，自杀了。

这对于一个家庭来说是多么痛苦的一件事情，对于认识他、了解他、关心他的人来说，又是多么难以接受的事情啊。

尽管我不知道那个孩子长得什么样，对他一无所知，但知道了这样的事情，心里也像是被什么东西堵住，开心不起来了。

比如晚上家里有很多好吃的东西，比如和 Joe 做了很多益智游戏，再比如明天有我盼望的数学测验，后天要做我热衷的电视台节目，我也都没有什么心情去想。

Joe 说，在他 7 年级的时候，也有一个学生自杀了。

还能说什么呢。

美国的家长会

8.27

晚上，是我进美国学校后的第一个 Open House，其实就是家长会。

美国的家长会，也有校方领导讲话，但是时间很短，主要是想让任课老师和家长有更多时间进行交流。

我现在知道了，他们的交流不是指老师跟家长说学生上课时的表现什么的，而是像拉家常一样，说说上课是有些什么内容，会让学生做些什么，等等，然后说着说着就说到西伯利亚去了，甚至开始交流喜欢吃些什么。

最有意思的是英语教室的会面，这个幽默了。Mr.Davis 不是一直把我和从郑州来的那个女孩 Sara 搞起来嘛，结果我先和我爸妈还有 Orion 进了英语教室，之后 Sara 他们一家就出现了。这下围绕着我们两个长得像不像的话题，Mr.Davis 和两家的大人们展开了一系列的讨论，一群大人你一言我一语地把我和Sara说得异常困惑。后来Sara说“今天Wind没有戴眼镜”，我马上接口说“So I'm not Sara”，之后发生的事就奇怪了，所有的大人一起开始大笑，笑了至少3分钟还停不下来。难道，外国人的笑点比我还低么？

其实我是故意不戴眼镜的，目的就是不想跟Sara一样。

后来Jacky也出现了，他是从香港来的，这下子，教室里就变成中国人的会谈了。

然后非常给我面子的不用说，就是在化学和数学教室发生的事。

化学老师一看到我就对我爸妈说：“Wind is fantastic.”而数学老师一看到我则大呼：“Wind is wonderful.”她对着我爸妈夸了我很久，说看我的作业是一种享受，漂亮的格式，画图用尺，等等。这些在中国，简直就是必须要做到的事，而在这里却是值得称赞的。

我还能说什么呢，老师已经给了我那么高的评价，即使我知道这两门课学的东西就好像是我小学的内容，我还是会为这样的表扬沾沾自喜到一定境界。虽然知道这两门课的优秀不能代表什么，但我还是会很自恋地偷笑。

但是，即便老师知道我已经接触过这些知识，还是会毫不吝啬地表扬我，就好像我是新生，是初学者一样，给我如此高的评价，这真让我感慨不已。

我是更加有信心了，我要占领化学和数学！

豆腐恐惧症

9.6

明天就是YFU的野餐会了，每个交流生都要带一个吃的去展示自己的手艺。我决定既做麻婆豆腐，又做蛋炒饭。

一定会受欢迎的。

花了很多时间去逛超市，准备明天制作料理的食材，这才发现这里的超市真是非常强悍，各种调料、肉啊、蔬菜啊，应有尽有，最让我不敢相信的就是，居然能在这里找到细细的小葱。在我的印象里，美国人一般都是和洋葱打交道，而不会知道小葱这种东西的。

9.7

来参加今天聚会的是 YFU 所有在印第安纳州的国际交流生，数量要比我想象中的多很多。听说昨天已经有不少交流生在 Indianapolis 聚会了一次，今天在我们 Logansport 聚会的交流生，居然有 15 个。其中像我这样原本就住在 Logansport 的交流生共 5 个，其余都是开车从别的城市来的。

交流生中以德国人居多，但他们都能说非常流利的英语。我还遇到了一个从广东来的中国学生。

大家都带了形形色色的食物，都带有一些各自国家的特色。这里不得不提一下我伟大的麻婆豆腐和蛋炒饭。

我在蛋炒饭里加了很多食材，像青豆、胡萝卜、玉米粒、香菇、鸡肉、鸡蛋和青葱，份量实足并且色香味俱全，所以成了最受欢迎的食物。奇怪的是外国学生对麻婆豆腐好像有些惧怕，走过路过都把它冷落在一边。

我和香港来的交流生Jacky及德国交流生Babs

我拿了点吃的坐到了我们 Logansport 的人堆里。我们学校从智利来的那个男孩拿了不少的豆腐，可似乎还没动过。后来，一个德国的女孩过来，指着豆腐问他："你吃那个东西了么？"智利男孩说没有，德国女孩就说她不知道那个是什么，闻了一下觉得非常的奇怪就没有拿。后来我低声说："那个是我做的，是豆腐。"然后所有的人都恍然大悟的样子，但是仍然不敢去碰那个豆腐。

炒饭在这里还是挺常见的，大家都能放心大胆地吃，但对豆腐，外国人真的是有抵触加恐惧心理的。早上我在家炒饭做菜的时候，Nicole 也是不敢尝豆腐，但对我的炒饭，她倒是吃了一点并赞不绝口。

不过话说回来，我做的麻婆豆腐真的是很美味。

吃完东西，一帮交流生开始踢足球玩，我是守门员，男生对女生，这可真是一场奇怪的比赛，而且我们踢的是橄榄球，那种橡皮的充气式橄榄球，比正常的球还要大，弹性十足，所以踢起来非常搞笑。

最后双方踢成 5 比 5 平，难分伯仲。

和交流生在一起的感觉就是不一样，大家都很放松。

能多多聚会就好了。

美国学生的考试

9.15

今天的数学课上，我算是见识到了世界上最强悍的考试了。

其实这个测验原本是上星期五就应该做掉的，但在同学们的百般恳求下，就换到了今天。我本来觉得，考试能延迟已经很不正常了，现在我才知道这个根本不算什么，这里的考试好像只要学生说哪天考就放哪天的样子。

考试前，老师又把最简单的分段函数画图的方法讲了一遍，很多学生还是在那里嚷嚷完全不会、没有思路什么的。我就费解了，这里的学生难道连画图都学不会 ?! 原来以为做美国的数学老师很轻松，现在才发现，你要当上了数学老师你就完蛋了。

然后开始考试，发下来的卷子，我怎么看怎么觉得幼稚，几乎全部是画图，怎么画还带着提示。这种卷子算是让我开眼界了。

看着边上的人对着题目没有想法的时候，我也开始没有想法了。

很多学生都在旁敲侧击地对老师说，他们还是不会画分段函数、老师是不是能再讲一遍之类的话。

这里考试时说话是非常正常的，我是指学生和老师说话或者自言自语，而且你考试考到一半都能到教室外面去，上上洗手间什么的，感觉老师就完全不怕学生出去作弊。

知道最后发生了什么吗？老师居然把那道分段函数的图，直接画在了黑板上。

天哪！

最后快下课的时候，老师居然说她今天不会批卷子，没有做完的同学明天还可以继续做。

这是个什么概念啊，看到了卷子第二天做，这个比开卷考还要好，而且还是数学，我是从来没有听说过的。

尽管这样，班上大部分同学看上去还是显得愁眉苦脸，主要是他们懒得把题目记下来，也懒得回家继续动脑筋。我朋友问我是不是觉得卷子很简单，我很不好意思地点了点头之后，就遭到了一顿“暴打”。

所以你想想，这里的学生是多么痛苦地生活在多么轻松的环境里啊。

数学发卷日

9.18

数学课，我非常没有想法。老师说这一章节非常难，所以我们要花很长的时间去学。其中解三元方程的一节，要用一整个星期，还不一定所有人都能明白。

话说，我最好数学天天测验，再怎么数学的卷子都是计算，不像化学全部都是概念。

我的数学老师 Mrs.Reiff

说到卷子，就让我把要用很多时间去学新章节的郁闷全忘光了。

今天拿到了上次测验的卷子，正确率 98%。domain，我算是认识你这个单词了。考试时我问老师这个单词，老师说就是 x 的区域，然后我就用大于小于符号写了那答案。现在我知道了，domain 是用区间形式表示范围，所以就错了那 2%。为什么每一张卷子都会有那么奇怪的让我不认识的单词呢。

这里还有一个故事：

另一个男孩拿了 96% 的正确率。因为老师是一个一个发卷子的，他就悄悄问老师说，他是不是第一名。虽然是悄悄地，但是我觉得他就是想让别人知道他的成绩，然后老师看了我一眼说："No，It's Wind."虽然也是悄悄的，可我还是听见了。

之后那个男孩就坐着他的滑轮椅子滑到了我的旁边，象征性地和别人说着话，但我确信他是过来看我分数的。

古怪装扮周

9.22

今天开始是学校的古怪装扮周，但每天都有一个主题。无论是老师还是学生，都可以根据这个主题把自己打扮得稀奇古怪。

今天是 Rock Star Day，但我却没有发现校园里的气氛与往日有什么不同，除了刚进学校的时候，发现墙上贴满了橄榄球队队员的名字和号码，虽然我没想明白这和 rock 有什么关系。另外就是大家化的妆要比平时的浓一些，其他都很正常。也许我们学校的人平时走的就是摇滚路线，所以感觉不出太大的变化。

明天是 Favorite Athletics Day（最喜爱的运动日），我相信学校里一定会有许许多多黑色加绿色的同学们出现，一边画黑色眼影，一边画绿色眼影，一边穿黑色袜子，一边穿绿色袜子，要么就是把脸画成橄榄球场什么的。

明天奇怪的人应该会比较多。

9.23

今天又出乎我的意料了，根本没有看到谁一边绿一边黑的，反而让我知道了我们学校不仅仅只是支持橄榄球。也许现在正是橄榄球赛季，所以宣传的力度太厉害了一点，给我造成了大家向橄榄球一边倒的错觉。

其实还有很多人喜欢篮球、棒球，等等。大多数人都穿着自己的校队服出现，要不就是买了球星的队服穿来。

让我比较惊讶的是有一个人穿了跆拳道的服装，还是黑带，然后口口声声说他这个叫作“功夫”装。

然后我还看到了许多携带着乒乓板的学生，甚至有人在别人上课的时候在走廊里打乒乓。不知道他们知不知道乒乓是 made in China 的。反正在历史课的时候，有一个人穿着科比的衣服出现，因为他很高，有人问他为什么不穿姚明的衣服，这下把我的神经“腾”地一下吊起来了。可是那个提问的人完全就没有看我一眼。我甚至在想，我的同学们到底知不知道我也是 made in China 的？

明天是 Super Hero Day，也许 superman 就要出现了。

9.24

今天真的是有好多 superman 啊。

一进学校，就看到了一个女蝙蝠侠和一个猫女郎，这叫一个真实，从头到尾所有的行头，面具靴子耳朵，一样都不少。

cosplay 啊。

继续走着，就看到了蜘蛛侠，还有人把整个头都套在了面具里，这个一定是非常热的。

后来看到了男蝙蝠侠，还有迪斯尼动画中的小飞侠——Peter

Pan。甚至我还看到了女版泰山，穿着破破烂烂的棕色衣服，应该也算不上是衣服了，最多被称为破布。她把头发也搞得乱糟糟的，脸上用黑色的笔画了一条条的类似于胡子的东西。

中午吃饭的时候，看到好多超级英雄在餐厅外面拍照，我都已经记不清楚到底有些什么人物了，居然还有一只忍者神龟混在里面。

最惊讶的是在数学课，我不知道那个是谁，是一个绿色的衣服上印着一个Q、只穿内裤的一个男生，那个可真叫kuso。话说我不知道该用什么词来描述这些人，绝对的敬业，也真敢只穿内裤就出现在学校里！这个可不是谁随随便便就能有这个勇气的。

可想而知我们学校有多么神奇。

明天是Nerd Day，nerd就是那种书呆子的感觉，其实也不是，就是脑子很聪明，但是不修边幅到一定境界的人类，比如把裤子穿得吊在那里、上衣非常短、戴着异常厚的黑框眼镜和牙套、头发一百年不洗的那种人。

9.25

今天的Nerd Day我总算是见识到了美国学生有多可怕，这个简直就是不惜血本地在寻找着折腾诋毁自己的方法。

不单单是学生，老师也一样。今天我们那位年轻的传媒老师——学校里少有的帅哥Mr.Kimbler——不知道是脑子搭错了还是怎么了，也被“迫害”成恐怖的书呆子了。和大部分学生一样，他把头发搞得油光铮亮，戴着用胶带粘好的破眼镜，穿着小一号的蓝色背带西装裤、颜色非常奇怪的袜子和拖鞋，衬衫口袋里满满地装着笔啊尺啊计算器啊，诡异得要命。

学生比较搞笑的就是连说话的声音都变了，还有人在背后贴着“kick me”的纸条，就好像是那种书呆子被人家捉弄贴纸条一样。

想尽办法破坏自己形象，虽然大部分人还是和平常一样。可是今天格外地受到视觉冲击。

最幽默最有创意的还是昨天那个穿内裤的家伙，好像自己是糖果研发狂人，把自己都变成了糖。他把糖一颗一颗地串起来做成了头发，粘在帽子上戴在头上，用纸箱做成了糖果盒穿着，上面写着Nerds，因为那个糖就是叫Nerds这个牌子。他里面穿的长袖衬衫袖子上也粘满了糖果盒，当然盒子里真的是有糖的。

这是一个绝对花了功夫和心思的创作，我们最后一节课的人还享受到了福利——他把身上的糖分发给了大家。这个糖还是挺好吃的。

9.26

今天是 Black and Red Day，红和黑是我们学校的标志色。我穿了件红黑相间的衣服去凑了回热闹。

其实大家也是挺正常地穿校队服的居多，有些不甘寂寞的人把脸涂成一半红一半黑，女生们有的把指甲涂成一只红一只黑，还有人把嘴唇涂成上边红下边黑的。不过，看过前面两天的变装，今天也就没有特别的冲击力了。

关于午饭的小插曲

9.25

历史课上发生了一个非常大的小插曲。

因为要考试，所以我们班的午饭时间从穿插在课当中的第二批变成了课后的第三批。有一个女生听老师说了之后就特别生气，当即对着老师吼了起来，原因就是她觉得第三批的饭菜质量会下降，所以她就不开心了，说什么老师总是命令我们做什么，我们第二批饭为什么要变成第三批啊，她就一定要第二批吃。

老师说可以啊，这样的话你可以拿着卷子出去做。

那个女生真的站起来，一边走去拿卷子一边还在那里咕哝，说其实第三批去吃饭也可以之类的意思。然后老师就说：你不是自己也说可以第三批吃饭的嘛。她一听又火了，什么粗话都说出来了，一边说一边朝走廊里走，搞得很多教室的人都听见了。

很显然地，我们老师的眼泪开始在眼眶里打转。

我们看得出来，老师很难过也很生气，可是她还是强作镇定地给我们考试。

下课铃响了之后，有几个在课上一直很调皮的男生跑到老师边上，问她："Do you need a hug?"（你需要一个拥抱吗？）然后就给了老师一个大大的拥抱。

想想这件事还真挺诡异的，只不过因为一个午饭时间而已，就能吵起来。

交流生问我一个问题

10.9

英语课的时候，从香港来的交流生 Jacky 忽然问我：你是不是觉得来美国没有想象中的好？我的第一反应是：这是一个需要思考一下的问题。

到底是好还是不好呢？

出国前听了很多回国学生的交流，说了很多遇到的事情，让我感觉将会遇到很多困难。等到自己离开家坐在飞机上，半夜在人地生疏的芝加哥误机的时候，还有就是在美国新家睡下的第一个晚上，都是那种人悬在空中、心悬在空中，无法脚踏实地的感觉。

来美国两个月了，现在到底是一种什么样的感觉？

想到最后，我得出的结论居然是，除了可恶的英语和历史考试，这里所有的一切都比想象中的好。

其实不是说这里作业少什么的，只不过是对于中国学生来说过于简单，并且上课进度非常慢，即使开小差也不会影响什么；学生可以在上课的时候任意离开座位，拿着 pass 把老师当空气似的去上厕所；即使作业没有做完也没有关系，随便你过几天，只要在最后期限前交了就可以。

这个就是美国的公立高中。

即使他们有不能打破的规定，可是仔细看，那些规定都是一般学生很难触及的。

家庭我不能说什么，因为他们真的非常宽容，我不敢说因为是我表现好，我也会坐在沙发上睡着，和他们一起看电视也会看着看着睡着，他们也只是拿这些开玩笑，而不会说什么生气了让你走人。

我可以在当天下午打电话和妈妈说我不坐校车回家而是要去看球赛，她就会主动说你结束了打电话叫我来接你，而不会像 Sara 住家一样批评她为什么不早点说，然后拿这件事唠叨一整个星期。

周末有时候我也会把自己关在房间一整天，吃过晚饭说个 good night 就又回到房间。他们也不说我什么，不会觉得我是不是在做什么不想让他们知道的事情，也不会觉得我不融入他们家庭。这个也许是因为我和 Orion 的关系太好了，要不就是因为平时也帮着家里做些家务。他们还会主动问我说你病是不是好了，不是因为怕我传染给他们，而真的是出于好意，然后会给我止咳药，是那种做成糖的药，在我咳嗽很厉害的时候。

不过，我觉得自己很多时候确实表现得不错，不会总是麻烦他们开车送我去什么地方，让他们为我做什么事情，不像有些交流生整天让住家陪着去买衣服什么的。

其实说那么多，就是表明在这里很好，好到我都会在 Nicole 住院的几天非常牵挂，而在这两个月里反倒很少想念在中国的亲人。当然这也要归功于网络，我每天写的日记都会发到我妈妈的信箱，妈妈也经常通过 MSN 给我留言。有了网络，我感觉随时都可以和上海的爸妈说任何想说的事情。

不过有时候，感觉也并不是很好，有时候会感觉很累，这可能都是因为历史作业的缘故吧。

现在我就又要奋斗历史作业去了。

体育课上的游戏

10.13

体育课开始玩一个非常幽默的游戏：把所有人分成两队，只能用膝盖和手移动，用传球接球得分。两队各有一个圈作为得分区，接球的人不能移动，最终要在自己圈内接到球才算得分。天花板或者墙壁都是传球的辅助工具。可以推人，可以从对方手中抢球，但如果把球掉到地上，那么就要交换持球权。

这个游戏看上去挺幼稚，可是所有人都乐在其中，无论是看别人在地上爬还是自己在地上爬，是把别人扑倒狂抢球还是在对方的圈里接到球，所有的一切都是很好玩很刺激的。

人越大，喜欢玩的游戏就反而变幼稚了。

我的英勇壮举

10.14

体育课依旧在玩昨天我说的游戏。以前都是男女生分开的，但因为今天是最后一天玩这个游戏，所以最后的时候来了个男女生混合大战。这个就恐怖了，一支队伍十四五个人，挤在一个不大的房间里抢一个排球。

第一轮的时候，经过一场浩劫，我们队一不小心防守失误，以一分之差告败。但是，像我们这种打不倒的小强，最终的结果就是导致我们越战越勇。

第二轮开始没多久，我们就扳回了比分。功劳就在我的身上。

真的，这个身上是实指而不是虚指。我打的是防守位置，所以总是在对方的领地上不停地徘徊，永远在他们的圈子里捣蛋，有时候就死赖在里面不走，和他们的进攻队员纠缠。在最为紧张激烈的时刻，对手在圈外寻找着时机传球，我在圈内焦急地继续纠缠。因为男生女生全都参与，所以出手的机会少之又少，最终，他们决定借助于墙壁寻找空档。这一寻找不要紧啊，可是扔球的人一不小心用力过猛，这个球就偏离了原来的轨道，原本应该接球的人完全没有触碰到球，只看它正对着我飞过来！我灵机一动，用我的面部把球拦截了下来。

事实上，是球找到了我的脸。可是它遇到的是我这种把集体利益看得高于一切的英雄式人物，没有办法，接球比摸鼻子更重要，所以我一个飞身，就把球死死地抱在怀里。

当然，面对一个柔弱的交流生，对方的进攻队员也拿我没办法，只好眼睁睁地看着我把球传给队友，然后我们快速回传得分。

其实鼻子也没有什么大碍，头硬球软。

在这之后，不得了了。因为我们排球老师说不来我的中文名，每次都是喊我的姓，而且喊也不好好喊，喊成 LuLu、LuLu 的叠音，同学们也跟着这么叫我。所以现在，因为我帮我们队得了这至关重要的 1 分，队友们就超级有节奏地喊着 LuLu，LuLu，搞得我很有成就感。

天才的103%

10.15

今天我拿到了本学期的中评分。

化学 A，这个不怎么意外，但百分率却写着 101%，这就令我很没有想法了——超出来的这 1% 是什么？我同班的好朋友问我得了什么，我告诉她之后，她那种夸张的表情用我们熟悉的玩笑话来诠释，基本上就是：你去死吧。

接下去是数学课，我看到了这次的测验成绩，没有悬念地，100%。原本老师是一个一个把学生叫到边上悄悄地说成绩的，轮到我时，还没等我走到她边上，她就开始大声嚷嚷了，反正是搞得惊天动地的。

其实我觉得，我那些同学也都已经习惯了，也没有特别地震惊，这个是件好事，至少我同学的心理承受能力已经是被我训练得提升到一定的境界了。

不过，私下里议论我成绩的人还是不少的，然后我就变成了牛人。

之后老师又说了我的期中总评分：103%。然后又把我当作楷模，对广大群众进行了一番再教育。

那个问我化学成绩的人（她和我化学课和数学课都是同学）就在一边热场说，Wind 的化学总评分也在 100% 以上。

反正让我做人也不是，不做人也不是。

事实上，令我自己也没有想到的是，开学两个月来，除了历史总评分83%得了B以外，其余的6门课我都拿了A，而传媒课这门一开始让我云里雾里的课程也能步入A的行列，真让我为自己感到非常高兴。

可以说，我这个成绩比大多数的美国学生都好，他们有的英语得F、历史得C或D；我就更不想跟其他交流生比了，他们选着最简单的课，再加上自修课什么的，还是能看到C啊D啊的踪迹。

动人的演讲

10.21

今天只上半天课，原本以为就是老师学生混日子的日子，没有想到过得非常有意义。关键是在最后一节课时，我们听了一场报告，或者说是演讲，主题是切勿酒后驾车。

在美国，酒后驾车是导致青少年意外死亡的元凶。

刚开始的时候，我们高年级的人还随随便便地坐在最后几排，态度不是非常认真。可是，听着听着，所有人都不再讲话了。最后历史老师问我们听下来感觉怎样，原本班级里最不屑于这种事的学生都说："非常感人。"

来演讲的是一个警察叔叔一样身份的人，他在演讲中放了很多现场的录音、电话，你可以听到那些年轻的声音渐渐虚弱下去，原本鲜活的生命就这样在交通事故中忽然间就消失了。

只不过是去看一场演唱会，只不过在半路上喝了一点酒，只不过是不喜欢系上安全带，只不过是车速快了一点。但就是这些只不过，造成了很多很多家庭的悲剧。

最让我震动的，是一个肇事者讲他的亲身经历。我们听到了一段现场录音，汽车相撞的声音，感觉汽车都已经粉身碎骨了，之后就听到了伤者变了调的声音。眼前这个28岁的男性，讲述自己在10年之前，因为酒精，永远终止了 3 条生命的故事。

离去的是一对年轻的夫妻和他们的男孩，但他们的女儿幸存了下来。

10 年之后，那个女孩找到他说："我原谅你了。"

说到这里，演讲者再也说不出话来，台下也是鸦雀无声。突然间，全场爆发出了催人泪下的掌声。

这大概是我听过的最令人感动的演讲。

我参加了篮球队

10.27

如果说我回国要给下届交流生作报告的话，我一定会对所有怕在美国发胖的女生说：每一个季度都加入一个运动队，目标不是上场比赛而是减肥。当然要记住在训练之后不要吃东西。

我现在的状态就是，刚结束两个小时的篮球训练，回到家洗完澡。

其实累倒不是很累，就是非常热。

通过了美国医院的体检，我顺利地加入了篮球队，这的确是让我感到非常兴奋的一件事。

我们学校的女篮是传说中很强悍的一支队伍，还有大学篮球教练来教我们。队员里不乏有很多从 9 年级开始就参加篮球训练的，4 年下来，技术好到真的是可以和男篮队员打球的程度了。

我喜欢篮球，在国内上体育课的时候，如果可以打篮球，我就觉得是一件非常幸福的事。现在已经好几个月没有碰过篮球，手感似乎已经完全生疏了，再加上生存在这个高手如云的美国高中篮球强队里，真的感觉是自叹不如。对于她们很多人来说，胯下运球或用弱手运球，完全就不存在什么问题。但对于我来说，依然是巨大的挑战。

总体感觉，基本上我想上场比赛是没戏了。

可是，能在这样一个团队里，进行这种想减肥的人非常羡慕的系统训练，感觉还是非常值得的。

10.28

今天的篮球训练，终于走上了我想象中的道路。

昨天一直在重复假动作啊，弱手练习啊，今天的训练，感觉上就是对抗性的了。

一对一，二对二，三对三，跑动间投篮，等等。

感觉整个人的筋骨都快散架了，拿到球，跳起投篮，很干净地进球，就听见绳子“刷”的声音，真是帅到我都快不好意思了。不过，估计我在这儿也就只能投投篮了。

不要以为就是我说的那么轻松，所有的内容都要做上十遍八遍，并且是在没有水、不能休息的情况之下。

两个小时的训练，我们基本上只能喝到 5 口水。

我们的教练似乎是注重防守和快攻的，像我这种喜欢死缠烂打的有速度的投手，就正好合他的胃口，虽然这个只是我想想而已。

在第一次比赛之前，一共有 13 次训练，我不知道我能有多大的提高，也不知道我上场的机会能提升多少，但是，那么一点点的进步总还是会有的吧。

10.29

话说今天的训练绝对是整死我了。

我的搭档今天不在，然后换成 manager 帮我练习，我们练跑动中接球投篮，别的队员两个一组都是每 10 个球交换一下，我没有人换，所以我就只能不断地在那里跑啊投啊，半个小时，没有水，也没有休息过。

我觉得自己已经帅到不行了，在这个半个小时里，几乎保持着 10 进 7 的水准。我从来就没有感觉我投篮能投得那么准。

但是，后来还是发生了一个意外。我们在一对一对抗的时候，我防守一个很渺小但是力量很大的女生，（这个不就是我自己么?!）她“嘭”地撞了我一下，我就应声倒地，然后膝盖就磨破了。汗水流到伤口，所以很疼。

不过还好是我，要是换了娇气一点的女生，早就哭得稀里哗啦了。

3 天的训练下来，似乎是习惯了不少，可是两条腿的感觉一直是非常紧张，并不是酸，就是因为一直在跑动中突然停下而且循环往复，就让肌肉处于高度紧绷的状态。

不知能坚持多久。

11.5

今天一开始，教练就让我们跑步，围着篮球场跑 12 圈。本来我还以为我听错了，后来才发现那是不争的事实。

我一听 12 圈，腿就一下子软了，因为瞬间给我的感觉就是要跑几千米的样子，特别唬人。其实后来算了一下，大概只有 1100 米或 1200 米的样子。

尽管这样，还是挺够呛的。感觉已经跑了很久了，数来数去还是只有 3 圈、4 圈。我一边跟在队伍后面跑，一边就一直想着下一圈躲到厕所去。

不是我说，这样的效果真是很好。我一直这样想着，所以就一直没有离开队伍。等把 12 圈跑下来之后，我都没怎么喘，只是感觉腿有些胀，坐下来放松一下肌肉，休息了大概 1 分钟不到，我就感觉大概我还能再跑个 12 圈。

有一些美国学生，竟然还吐了。我就没什么想法了。

大学生和小学生

11.6

很久没说数学课了，这个太多的满分卷子我都不好意思说了，现在我们开始学函数、画图之类的内容，所以先要复习因式分解，主要是十字相乘。

不是我说，我同学都被我吓死了，他们看我做题目就跟看流星雨一样，这个嘴是我见到过张得最大的。

我就是属于看上去不用思考，一直在那里动笔，然后答案就出现在我的练习纸上，好像我已经做过 100 遍，答案完全已经在脑子里一样，只需要动手写就可以了。

基本上在他们只做了 3 道题的时候，我就已经完成 30 道题的卷子了。

11.7

今天最幽默的事情发生在数学课。

我们现在是在做因式分解。老师一共教了三种方式，第一种就是十字相乘，可是不知道为什么他们做得很慢，第二种是用一种数学公式，第三种是我觉得最繁琐但被老师认为是最方便的方式。

老师教完了三种方法之后问我：在中国，老师是教的哪一种？我回答说是第一种，然后她就异常地吃惊。之后我的好朋友 Krista 还补充了一句，说在中国他们初中就学这个东西了，老师就更加吃惊了。同学们也开始问我问题，因为他们都觉得不公平，为什么我们亚洲来的学生显得那么聪明。然后老师就开始说“在中国都有很重要的考试，如果不通过不能继续上学”之类的话，所以同学就纷纷问我考试的问题，还问我们是怎么上课的。

最后有人得出了一个结论：现在班里坐着一个大学生，和他们一起做着感觉上是小学生 1+1 的题目。

后来老师建议我说，如果碰到数字比较大的因式分解，还是用她说的第三种简单的方式做。我就和我朋友交流了一下眼神，我就差没说出来：老师，我用你觉得最烦的方法，可以比你认为最简单的方法做得还快。

最主要我发现一点，美国的学生不会心算，找到了十字相乘的两个数，不能很快找到一次项系数的搭配，所以他们就要一个一个地试，这就显得烦琐了。

11.12

我在班级里完全已经成为一个神的存在，就整一个天才。

现在我们居然在学开根号，11 年级学开根号！！无论老师是出简单的一看就知道答案的题目，还是出类似于 $4(x+1)^2-1=15$ 这样的题目也好，被同学说起来，就是两秒钟以后，答案就会在我手心里出现。因为我总是把答案写在手里面，告诉同学。

居然现在老师出完题目就会问我，这道题的答案是多少，然后所有人都看着我向我提问 5 分钟，然后老师再出下一题，场景再继续重复。这样的喧宾夺主，让我感觉有点尴尬。

小镇的高中生

11.10

忽然发现，这里的高中生，基本上就是拿一张毕业证书，之后没有继续深造的打算了。

我的一个美国同学今天去沃尔玛面试了。原本以为她就这一个工作，没有想到她还在两个别的地方兼职。

给我的感觉似乎就是，这里的孩子不想依靠父母，想自己去赚钱，然后随便怎么挥霍都可以。

这样的学生时代，在我看起来就是完全没有办法学进什么东西的，每门课程他们只求通过，根本就不求什么高分。作业做完，拿到老师批好的作业纸，第一个反应就是可以扔掉了。如果从他们本意来说，他们是可以一心一意去学习的，但实际上，他们要是想去自食其力地赚钱，就注定了他们没有时间学习。

工作完回家，10 点多，哪还有心思做作业？第二天到学校，因为补作业再耽误听课，恶性循环。考试也不复习，能拿几分就几分。

这就让我想到了，貌似是上个星期，Joe 对我说我的名字出现在当地的报纸上了。我一看，发现原来是刊登了一个类似高中生荣誉榜的东西，我们学校所有成绩是 A 和 B 的学生，名字都在上面。

一个不是以英语为母语的交流生都能做到的事情，这里的学生为什么不能做到呢？可对他们来说，能拿到近乎全 A 的成绩简直就是天才，或者换种说法：她脑子坏掉了才要那么好的成绩。

来美国之前那些“成绩不好怎么办，英语看不懂怎么办”之类的顾虑，对于现在的我来说，完全就是多余的。其实只要是好好做作业的学生，最终成绩都不会差到哪里去。

新来的交流生

12.11

今天在学校碰到了一个新来的中国交流生，不知道是来自香港还是广东，反正她不怎么会说普通话。她先是冲着我说广东话，然后我完全就没有搞清楚她说的是什么语言，第一反应就是“这个人的英语怎么那么恐怖”，然后她开始说发音不太标准的普通话，这时我才恍然大悟她说的原来是中文。

我是在午餐时间碰到她的。我那时正在买吃的，她过来和我说话。刚打了个招呼，Krista 和 Heather 一帮朋友就出现了，围着我问新来的是什么人，之后就一直和我在那里说话和瞎闹，新来的交流生就只是站在旁边不说话，在付钱的时候她也用了很多时间。

我忽然间就感觉，4 个月，真的是让我改变了很多。我感觉我刚来的时候就是和眼前这个交流生没什么两样，拘束得很，而现在我已经完全和我的美国同学混到一起去了。看着这个新来的交流生，我感觉像是在看一面镜子，还是非常触动的。

筷子

12.18

来美国之前，我特意去城隍庙买了很多漂亮的筷子，今天终于想起来带到学校送给我的朋友们。城隍庙的筷子非常有中国特色，每双筷子外面都有一个绣花的丝绸套子，很漂亮。我的朋友们收到这份礼物都非常高兴，当宝贝似的见谁就给谁看。

最让我感到意外和巧合的是，今天中午学校食堂居然吃的是宫保鸡丁和米饭。这下好玩了，所有拿到筷子的人都开始用筷子吃饭了，那个场景叫个壮观。

新学期的新变化

1.7

昨天开学了，我来说说这学期新的课程表。

英语，老师不再是叫我 Jia Jing 的 Mr.Davis 了，换成了我传媒课的那个年轻的老师——Kimbler，也就是传说中我们学校最帅的老师。Babs——我的好朋友——德国来的交流生，和我一起上这节课。其实她叫 Barbara，但她喜欢别人叫她 Babs。

然后是历史，也换了一个年纪比较大的男老师，看上去非常不苟言笑的样子，用了一整节课的时间去点名，把我的名字叫成 Ying Lu，让我顿感迷茫。不过据说他的历史课很简单，考试也不难的样子。韩国来的女孩 Hein 和我一节课。

第三节依然是传媒课，多了很多新的面孔，但我希望走掉的那几个非常爱显摆的女生却似乎一个都没走。我估计我是那堂课上拍摄最认真的人了。

第四节是化学课，非常出乎意料地，居然有不少我认识的，有以前就是我化学课上的，也有篮球队的，其中一个坐我左边，我曾经帮她做过一次化学和一次数学作业。

第五节课，非常特别，是我新选的教师助理课程。确切地说，这不是一堂课，而更像是一份工作。必须自己去问哪个老师需要助手，也可以留在教导处帮老师送 pass——就是去某班叫某位同学去某位老师的办公室。我当然选择前者，希望能做老师的助手。我本来想帮我数学老师的，但数学老师都是当堂和同学对完作业，所以根本不需要助手。但听说化学老师还是需要帮助的，不然我就只能去找英语老师了。我感觉，这份工作还是很有挑战的。

第六节是天文课，是在国内做梦都选不到的课，我对这堂课充满了期待。老师 Johnson 看上去散漫到了一定的境界，不讲课时喜欢和学生开玩笑瞎胡闹，可上起课来却完全变了个人一样，非常专业。今天课上他大概讲了 10 分钟的黑洞，用那种非常神秘的语音语调，大家都听得全神贯注。我在他的课上，就完全变成了中国学校里的优等生——上课眼睛从不离开老师。

对了，有个插曲，第一天 Mr.Johnson 问我叫什么名字，我说你要英文名还是中文名，他说随便，我就说了 Yi Jing。他重复了一次，发音不错，然后就自夸说：看看，我能说中文噢！然后又重复了一遍我的名字，结果却跑音了。我说 That's wrong，于是全班同学哄堂大笑。

最后一节也是我最喜欢的课——数学，原本我是想下学期选 AP 课程的，但数学课上我的朋友最多，死活都不让我转班。所以，既然是为了文化交流才来这里读书的，我就以友情为重了。

以前一个班的同学都知道我是神，希望能坐在我的附近，所以在听说老师把他们换到离我很远的位置之后，都表现出一脸的沮丧，让新来的同学都感到莫明其妙。

还有，我中午吃饭的时间，从第二批换到第三批去了，比以前晚了半小时，这样，我就完全没有机会在中午休息时间碰到 Heather 了。

教师助理的工作

1.8

今天要说最有收获的，那么就应该是锻炼了 50 分钟的身体。

第五节课我不是做教师助理嘛，今天去教导处报到后就领到了送 pass 的任务。我们一共有 3 个学生做教师助理，要去发近 100 张 pass，每人送不同的区域。

我拿到的居然是离办公室最远、人最多的那份。

其实看看手里的 pass 并不觉得多，但也许是我们学校太大了，所以有怎么发都发不完的感觉。我就在那个区域走啊走，速度并不很快，也没有楼上楼下地跑，可不知为什么，这一圈走下来，居然花了半小时，然后回到办公室的时候，就觉得只能穿短袖了。

话说我还是最早回来的，然后我就又接到了送 4 张 pass 的任务，并且，那些教室还是在离办公室最远的那个区域。

基本上我再回到办公室的时候，我就是处于狂汗的状态了。

要是天天这么走，这个运动量是绝对够了。不过可惜的是，我找到新工作了——明天起要去做我化学老师的 helper 了。

1.9

第一天给化学老师当助手，帮她批了两堂课上学生做的测验卷，感觉我都快变成批卷子机器了，不过还是挺好玩的。我就坐在教室的最后一排，一边看着别人上课，一边在那里批卷子，感觉自己异常地轻松自在。

在把所有的卷子批完、誊完分数之后，我就跑到老师的办公室里去画画了，就感觉好像多了 50 分钟的休息时间，心情别提有多好了。

这个工作比送 pass 容易得多，但就是没有运动量了。

1.12

今天我在做 helper 的时候，化学老师让我收拾那些做实验用的桌子。那些桌子可真的是脏得一塌糊涂，我就跑来跑去地洗啊冲啊，冲啊洗啊，然后就听到一个男生问老师：“你每天都找这个 slave（奴隶）来干什么？”我和老师就被他说得非常尴尬。不过看得出他是在开玩笑，我也就不作反应，随他怎么说了。

不过，我整理完桌子去和老师聊天的时候，她仍然有些不好意思的样子。

后来老师居然对着所有的同学说：要是大家有什么问题，可以直接去问 Wind，因为她知道所有你们正在学的东西。然后特别对着那个男生又说了一遍。

那个男生其实也挺好玩的，老是喜欢跟我打招呼闲聊。不过今天居然把我说成是奴隶，我还真想找块板砖拍他。

我和化学老师 Mrs.Karnafel

1.13

化学课我又洗了一节课的桌子。

数学课还真到讲台上面去讲了两道题，之后代课老师搞不清楚今天新课到底怎么讲，还专门跑来问我。

我就处于被一堆人围着让我讲解的状态。

我真的非常喜欢教师助理这个工作。

开始垒球训练

1.10

今天第一次垒球训练了。

因为我们学校没有场地，所以是在一个小学训练，不过现在天那么冷，也就一直是在室内训练。

垒球队的人很多，有 9 年级新生，也有高年级的学生，25 个人，全挤在一个小小的体育馆里训练。

感觉两个小时下来，还是很开心，至少比在篮球队训练的时候心情好很多。

我从没打过垒球，技术就完全比不上篮球了。好在一开始是体能训练，就是训练跑步，不同的跑法，加上俯卧撑、仰卧起坐什么的。

至少跑步还是我的强项，分组比赛的时候，我感觉我的速度还是能发挥点作用的。我们这一组里有两个体形比较巨大的拖后腿，不过靠着我和另外一个人，硬是把时间给争了回来。

后来也练习了 1 对 1 的投球接球。

在最后结束之前，我们又比了一次跑步——折返跑，就是分别从出发点至罚球线、中线、罚球线、底线，这样来回地跑。我们这组多一个人，最后一个人居然是我。我就超级紧张，因为我感觉肯定要在所有人的注视下一个人跑了，这样多傻啊。

最后真的出现了这样的局面，前面的那些队员几乎都是同时跑了回来。当听到我们队里的人对我喊了声“go”之后，我就听见所有的人都在喊我的名字，给我加油。我心里还是在想，一个人跑多傻呀，想着想着我就跑回来了，然后我就被搞得像英雄一样。

从篮球队换到垒球队，给我的感觉就是差异很大：我会打篮球，可是在篮球队里却感觉非常不舒服(原因详见下一章节“大事件”中“编外队员的胜利”)；我不会打垒球，可是却让我想继续下星期六的训练。

还是跑步简单啊。可是如果真要到室外去训练，如果真的要比赛什么的，我也不知道我会不会还这么想。

1.11

今天早上一醒过来，我就发现自己不能动了。

这大概是我有生以来感觉最差的一次，我就那么躺在床上想，我该怎么爬起来呢？是起来呢还是不要起来？想着想着就又睡着了。

其实要怪还是得怪昨天的训练，不知道是训练过度还是我训练过于认真，要不就要怪体育馆的地板太硬，反正我醒来之后就至少肯定了我昨天没有偷懒。

从脖子到肩膀，从腋窝到手臂，再加上肋骨和腹部，以及腿和脚踝，最关键的是屁股，无处不是肌肉酸痛得厉害。

那么点训练就让我瘫在床上了。

好不容易爬起来之后，又痛苦地发现自己怎么坐都坐不下去了。

完蛋了，我绝对就跟个老年人一样了今天。

1.13

本来是想好6点陪Orion一起去他的篮球训练的，可是突然发现，今天晚上我们有垒球的额外训练，6点到7点半，所以就只能冷落他了。

不是我说，这个队伍给我的感觉真的很好，队员们都很热情，两个队长一个问我名字，另外一个就直接叫我Smily，原因是她说我老是爱笑，而且笑得超级可爱。

今天只有12个人训练，一下子少了一半，让我感觉特别奇怪，也不知道别人是退出了还是有事情。

我们垒球教练非常好，不像那个篮球教练。他总是会亲手教我们该怎么做，而且一个个名字都叫得出来。在教我们击球、接球的时候，他就是一个一个叫着名字练的。

怎么差距就那么大呢。

不过不是我说，我真的不知道我在这个队伍里跑步算是快的。

我本来以为也就算个前 10 名吧，可是我真的太小看自己了。

今天最后的时候，我们照例要比赛，就是跑到罚球线回来，到中线回来，到另外一条罚球线回来，最后到底线回来。教练也会和我们一起跑。

第一次的时候，我狂跑，可是跑在了 3 个人后面，包括教练。我想已经很好了吧，教练说再来一次，我当场就昏过去了。我累得要死还要跑 ?! 我心里就想着随便跑跑算了，我边上是两个体积比较大的女生，所以可想而知不是速度型的，我和她们跑得一样快，我就想没有什么希望了，可就在我到了底线回来的时候，发现了非常奇怪的事情——在我前面就只有教练和另外一个被我忽略的牛人。人家是越野队的，没办法。我就想，我是超过教练呢还是不要超过他？就在他跑到中线的时候，我决定耍他玩，我就加速，在最后还有两三米的时候，我看着他，比他先过终点，然后教练就发出了那种鬼哭狼嚎的声音，在后面叫着我的名字。

不过他很早就知道我的速度超级快，在我们开始训练要做仰卧起坐的时候，我的速度可以快到别人 3 倍的样子。所以，要是用我们熟悉的语言，那么他的那个声音就是在说：要命，她怎么可以跑得那么快!

很好，很好，我找对人家了。

理科班混不下去了

1.12

数学课上又出了件事，严格地说是两件。

我先拿到作业，发现老师帮我批出来一个错。把题目又仔细看了一遍之后，我认为我没有做错，所以我就举手说：“老师，我有问题。”同学们“刷”地一下子全都看着我，这个显然就演变成了天才和长者之间的决斗一样。

题目是 $4x^2+10x+25$ 的因式分解，老师帮我改的结果是 $(2x+5)^2$。见我举手，老师走过来看了一眼卷子，就开始和我讲应该怎么做，她说完我说，不对吧，要是这样的话，中间一项应当是 20x，然后老师就发现真的是她错了。

反正就是在别的同学都还没搞明白老师和我到底在说什么的时候，我获胜了。

好吧，就在我想这总应该是最后一次老师给足我面子的时候，又出事了。

老师讲完新课布置好作业之后，郑重其事地叫了我说，要我帮她个大忙，因为她明天下午不在，如果有同学有不明白的地方，就让我到讲台上为他们讲解一下。

我当时就傻住了——看来数学老师也把我当成她的助理了。那些新来我们班的人就很费解为什么是我，然后别人就开始窃窃私语地告诉他们其中的原因。

我真是在美国的理科班呆不下去了！

1.21

再说一件很搞笑的事情。

今天我一直在忙着做我的电视节目。最后一堂数学课的时候，忽然想起来今天有考试，但我昏头昏脑地连计算器都忘记拿了，所以就跑到老师面前说能不能借我个计算器。老师居然忽然间瞪大眼睛，两手撑住讲台身子往前一冲，用很惊讶的口气说：You need a calculator（你还需要计算器）？

搞得我真的像是人工智能的机器人一样。

太诡异了。

我受伤了

1.24

今天倒霉透了。

垒球训练的时候先是伤了脚踝，然后又被球砸了两次，一次小腿，一次大腿，而且三次都伤在左腿。我想，今天事不过三了吧，可是偏偏不这样。

又是那个球，“咻”地一声飞过来，砸在离我不远的地上，我上前刚想接，那球就飞了起来，啪地一下砸在我右手小手指上面，钻心似的疼痛给我的第一反应就是：完蛋了，我的手大概废掉了。

没过多久，这个小手指就肿得像胡萝卜一样，特别是关节的地方。

幸好我的手指还能动，就是动的时候还是会疼，我就用冰敷在那里。回家继续冰敷。把冰袋拿开一段时间，手指就变青了，然后再敷，一会儿又不青了。就这样反反复复。

估计这几天我都要和冰块为伴了。

Orion 居然趁我在训练的时候和外婆跑掉了。

气死我了。其实我也很想住到外婆家去。

还好，能和 Jack 睡了。

饶了我的手指吧。今天就到这里。

1.25

今天手指头肿得更厉害了，希望不是骨头有问题。手指是完全可以弯曲的，按理说和骨头没有什么关系，可是从来没有碰到过这种事情，就感觉很担心。

1.26

带了点中国结之类的过年的东西到学校，跑去把演播厅打扮好，然后和老师说今天是中国的农历新年，再怎么也得看着我的面子给我庆祝一下吧。然后所有的人都来了劲儿，围着让我教他们说“新年好”、

"新春快乐"等中文,还让我找中文歌出来当电视台节目开始时的音乐。

一帮子人比我想象中要积极得多，谁让我是 Magic Wind 呢，这个也是那帮子人给我取的奇怪名字之一。

下课之后，随便哪里都能找到用春节快乐当搭讪话题的人。

而我今天就是在教室和卫生室之间来来回回地跑，为的就是去拿冰块敷我的手指，基本上一节课一次。第五节化学课的同学们最可爱，围着我问我怎么了，还说我真可怜什么的，一帮人都装成小孩子的样子和我说话，真受不了。

1.27

因为小手指受伤了，所以这几天都懒得做作业。在学校的时候不停地跑卫生室要冰块，要到我走进去不用开口，老师就直接把冰块递给我。他们都算好了我什么时候要去。

真的很神奇。我就在想，如果我回国了，天天有那么多高难度的作业不能不做，我还会习惯吗?

情人节舞会

1.29

今天被逼尤奈去买了 Sweet Heart Dance 的票子，得穿裙子跳舞来着，对我这种拒绝穿裙子的人来说，这种活动其实真没多大吸引力。但那么多朋友逼着我去参加，还说没有裙子的话我们都能借你，我还有什么理由好推脱呢。

这个舞会说到底就是情人节的特别节目。

想想真好，这儿的学生还有精力谈恋爱，而且超级天经地义，这在国内简直是无法想象啊。即便是有情人节舞会这样的节目，作为一个高中生，又有几个家长能同意他们去参加这样的活动呢!

2.7

刚从舞会回来。别的说什么都不要紧，最要说的就是我饿坏了。

吃了点爆米花，终于有点缓过来了。

为了今天晚上的舞会，我从早上开始就没怎么吃东西，还很后悔昨天晚上吃得太多又没做仰卧起坐，所以小肚子都出来了。因为舞会上要穿紧身的裙子，如果不把肚子饿瘪，那形象就要打折扣了。所以晚上家里买了好吃的炸鸡和匹萨，我都忍着没有吃。希望他们剩下点什么我明天好吃。

又狂吃了一下爆米花。

下午 4 点多的时候外婆他们来了，外婆主要是来给我做头发的，要把一边的头发辫出很多麻花。这个发型看起来简单，可操作起来很花时间，全部搞定一共用了两个小时。不是我说，谁想出来这个方法编头发的，真是一个天才。

如果不是给 Sara 打电话，我还一直以为舞会是晚上 7 点开始，可事实上是 9 点到 12 点，这基本上是我有生以来最晚一次出门参加活动了。

学校食堂的窗户被我们贴满了爱心，布置成了浪漫的情人节舞会会场。

所有的人都打扮得很漂亮，女孩子们的礼服争奇斗艳，但是往脚上看就搞笑了，很少有穿与裙子配套的高跟鞋的，反正就是乱穿鞋，运动鞋、休闲鞋都有，因为大家都知道，要是穿着高跟鞋跳舞，肯定会对不起自己的。我是借了妈妈的高跟鞋去的，可到后来就是赤着脚在那里跳。

为了这个舞会，学校还真兴师动众。这么晚，老师、校长都在，连警察都来了。那些美国学生在放慢歌的时候在那里 kiss，他们也都熟视无睹。

本来妈妈说让我结束时给她打电话，她来接我。但 Sara 的朋友坚持要送我回家，那么也好，然后一路上就听着 Sara 叽叽喳喳地和她朋友说话。

我被她朋友说成是舞跳得很好，她男朋友还掺和说真的是非常非常好。我就又不好意思了。

不要说出来嘛。

搞笑的校车司机

2.9

我们校车换司机了，从一个上了年纪的大妈，换成了一个戴上墨镜就可以演电影、被说成超级有型的看上去 30 岁不到的男性。本来想说帅哥，但是我倒不这么觉得，除非他一直戴墨镜。

话说这个司机真的是非常搞笑，他总是大大咧咧地不是错过这个人的家，就是忘记那个人要下车，基本上 4 天里可以有 3 天出错。已经开了有几星期了，还是时不时要人提醒。

不过他经常会和我们开玩笑，拿着扩音器一边开车一边讲话。还有一天他居然戴了副粉红色的儿童塑料太阳眼镜出现在我们面前，说他的小女儿又把他的第三副太阳眼镜弄坏了，所以他只好把女儿的太阳眼镜戴来。

他还喜欢给我们来有奖竞猜：让我们回去看电视剧，然后第二天

停在我们校园的校车穿着全美统一的亮黄色“校服”

回答他提的问题，如果答对就有糖吃。事实上，第二天车上所有的人都有糖吃。

2.17

我们的校车司机天天急刹车要我们，总是拿前方有松鼠作为借口。以前他总是在调完头之后玩这招，今天居然在掉头之前就来了个有史以来最急的急刹车，说是今天松鼠出来早了。显然大家都觉得今天的恶作剧已经结束了，可没想到他在调完头之后，又来了一次，说怎么今天的松鼠变多了。

真不知道明天他会怎么玩。

不过真的，我下车之前，就在那条路的正当中，邻居家的小狗站在那儿，一动都不动，就是那种“你过来吧”的阵势。然后司机只能刹车，之后狗狗就跑掉了。

散布谣言

3.20

就在今天第一节课快要下课的时候，广播里忽然传来个通知，是校长超级紧张的声音。一开始不知道他在说什么，后来我听明白了，这个不是平时code blue(紧急状态)的演习，而是code block(封闭状态)，让我们把书包什么的都放在走廊上，老师和学生都只能待在教室里，不能出去，一直要等到状态解除。一些学生开始超级兴奋起来，说是又来查毒品了。

这下我明白了，学校有人带毒。

过了没几分钟，我就听到狗叫了。我兴奋地冲到教室门口隔着玻璃往外看，超级想知道美国缉毒犬是什么样子的，但是只能听到它们的声音而看不见它们的身影。

教室外来来往往的脚步声，搞得气氛异常紧张。

我们开始在教室里讨论问题，比如说什么，Logansport 真的很小，芝麻点大的事很快就人尽皆知了，有些什么流言蜚语也很快就会传到始作俑者的耳朵里。

然后我们就想出来说要做个试验，看看一个传言到底多久能传回来。我们的老师 Kimbler 居然脑子坏掉了，说就来制造关于他的新闻吧，让我们去传谣说他是 gay，和另外一个我们学校也算长得比较好看的老师——Mr.Yenna，放春假的时候马上要搬到一起住了。

Mr.Yenna 是教 9 年级和 10 年级科学课程的老师，要知道那两个年级就是最喜欢传话的。

Kimbler 说，绝对到放学，这个消息就会传回来。我们班的人开始用手机短信传谣，等到两个小时后 code block 结束，到第三节课下课的时候，走廊里所有的人都在议论这件事情。而制造这些谣言的人依然混在学生当中开开心心地传谣。

到中午吃饭的时候，我碰到几个一起上英语课的人，告诉我别人听到这个消息时的表情，是有史以来看到过最搞笑的。我居然还碰到个被我传谣的人，他说他已经去问过 Yenna 了，Yenna 说他们差不多家都快搬好了。(因为 Kimbler 在造好谣之后，就致电 Yenna 串通口径了。)

我超级无语，居然那么快就传到“当事人”那里去了。

话题转回 code block，后来下午的时候，我听别人说，在这过程中，有 30 多个人被叫到办公室，其中包括 1 个老师。还有 3 个 10 年级的学生被要求去检查他们的车。

那个老师的事情还真是很戏剧性的。那是 Mr.Votaw，貌似是全校最受欢迎的老师了。在 code block 通知来以前，他是最后一个用他教室附近厕所的人。后来警犬在那个厕所里狂吠，警察从里面拿出来一个垃圾袋。他教室里的学生都开他玩笑说，你在厕所里放了什么啊，玩笑还没开完，警察就来了。整个教室的人就被带到了另外一个教室，然后警察们进去，整整在里面查了 45 分钟，所有东西都打开看，最后拿出去了两件可疑物品。不过，他们检查 Mr.Votaw 之后，发现他是"完全干净"的，然后就怀疑是谁在他教室里面藏了东西。

以前这种 block，事先都会通知校长的，但是这次，校长也是在警察出现之后才知道，所以就特别紧张，听到哪个教室有问题的时候，校长都是跟着警察跑得飞快。

我觉得他特别值得同情。

舞蹈表演

4.7

放学以后，我和韩国来的交流生 Hein、老挝来的 Aneeda 一起，去参加学校才艺表演的海选。要知道 Hein 受过舞蹈的专业训练，而我自学成才得也不差。我们决定先拿木偶舞去参加海选，因为美国的学生大部分表演的都是 Hip-Hop。所以，等我们跳完，别人就感觉——出事故了，牛 X 的东西出现了。

我都不好意思批评他们了。

5.7

轻松入围之后，这一整个月我一放学就跟 Hein 和 Aneeda 在那里练习舞蹈。Hein 当仁不让地做起了舞蹈老师，她的要求非常严格，常常是一个动作要我们反复做上一两个小时。现在我终于知道，为什么韩国组合的舞跳得那么整齐的原因了。

明天就要正式表演了，可 Hein 好像忽然受打击了一样。原来她一直以为这个是一个舞蹈比赛，会有奖杯什么的。后来我们说不是的，就是才艺表演而已，她居然就特别震惊，懊恼地大喊大叫说："那我还期待什么啊！"我也终于明白了为什么 Hein 一直那么苛刻地让我们练习了，原来她是想拿冠军奖杯啊。

5.9

才艺表演结束了，我终于不用放学后排练到很晚再回去了。

我们一共表演了两场。昨天来看的人很多，整个大礼堂的座位都坐得满满的。但今天是星期五，很多人不是没来学校，就是很早就回去了。

昨天的气氛很好，大家都超级兴奋地吹着口哨大声叫喊表演者的名字，尽管大多数喝彩声不是给我们这三个来自亚洲国家的交流生的，但是能在舞台上表演，让我还是感觉超好。

其实我喜欢今天的舞蹈，因为在昨天的基础上我们又作了改进，增加了一首歌。不过观众才稀稀拉拉 150 多人，让我感觉少了点什么倒是真的。

昨天演出结束后，跑到麦当劳去吃东西，居然在那里碰到了好多不认识的学校同学，说你们跳得很好，而认识我的人说的就是一句话：我不知道你还能这样跳舞。

我这叫身藏 blue，R U 懂？

不是我说，不管昨天还是今天，在上场前 1 个小时，Hein 和 Aneeda 就开始紧张。我发现，大概这个就是紧张度和技术水平成反比的典型实例。Hein 居然是最紧张的，抓着我的手几乎都快神经质了。我们表演结束的时候，Hein 对我说，她有个地方动作做错了。其实是个很不起眼的动作，可是她说着说着就开始哭了。

我只能无奈地看着她，半点想法都没有了。

专业论文

5.6

本来以为一辈子都不会做的事情今天居然做了——就是用英语写小论文。

虽说英语课经常会让我们写一些读后感之类的东西，但这次是天文课的作业，而且是真正意义上的专业话题——天文学领域的十大未解之谜。

宇宙大爆炸、黑洞、能量转换、暗物质、弦论等等，让我们随便选一个话题写一篇文章，作为天文课的考试成绩。

我选了半天，最后还是选择写暗物质。说实话，任何一个话题，即便是让我看中文资料，我也不一定能看得懂，更何况老师要求我们写 300 至 500 字的论文呢。

刚开始听到这个作业的时候，我的反应就是杀了我算了，我能写出 100 字，或者看资料看懂 50 字就很伟大了，居然让我写两页纸，老师你也太凶残了吧。

一个晚上都在查资料翻字典，写着写着终于超过了 500 字。

还是很有成就感的。

我和天文课老师 Mr.Johnson

我被叫进了教导处

5.22

今天真是要我命了，这个历史考试叫个难啊。基本上所有的答案题目和复习资料上面的全部都是倒过来的。

不过还有件更要命的事情——

最后一节课，有个人送了张 pass 到我们教室，我们那个代课老师看着我和 Lisa（台湾来的交流生），说搞不清楚是叫哪个。然后他就把 pass 给我看，问是不是我。我看了很久那个名字，觉得是我的姓，我就说“是”。本来我以为是化学老师找我去做什么事的，然后我朋友一把抢过 pass，看了一眼大喊，居然是去教导主任的办公室。我一下子就蒙掉了。

我开始闪电般地回忆今年我做了什么错事，除了迟到早退、上课时间不带 pass 就在教室和教室间乱跑、中午吃太多之外，就没什么不正常的事了呀。我一边走一边紧张到底教导主任叫我去是为了什么。

远远地，就看到一帮子学生在教导处门口，都愁容满面的样子。又处在期末考试期间，我就在想是不是那些人哪门课作弊了？这点绝对是中国学生的习惯性思维。办公室门口的人都在推让谁第一谁第二的，最后推到我身上。还是中国学生比较“大义凛然”，其实是实在想不出自己犯了什么错，我就那么进去了。教导主任在那里打电话，看到我边应着电话边递给我个礼品包，我就愣在那里。

很快她挂了电话，看着我笑，说那是 Mr.Ncss 给我的东西。我打开一看，是动物饼干和巧克力，然后我一下子就轻松了。这个绝对是把我的心脏病都要吓出来了。教导主任说 Mr.Ness 让她转交这个给我，是为了谢谢昨天我送给他的告别礼物。（Mr.Ness 是办公室里一个老 boss 级的人物，是个超“冷”的严苛男人，犯错的学生都讨厌他，表现好的学生都喜欢他。）

Mr.Ness 绝对是个好人，至少我很喜欢他。我们都喜欢立顿的绿茶，天天早上带一瓶，喜欢动物饼干还有巧克力。

他是个好人来着。

之后我就超牛地一边笑一边拿着礼品袋晃出教导处，别的学生看着我就超级茫然。我觉得，我大概是 LHS 有史以来第一个那么牛地走出教导主任办公室的学生。

学校的最后一天

5.26

都结束了，在今天被叫 senior 清理 locker 的时候，我就这么感觉到了。

期末考全部轻松地结束了，明天就是 senior picnic 还有毕业典礼的彩排。

居然最让我担心的英语考试，阅读理解是《麦琪的礼物》，我就庆幸我居然读过欧亨利的东西，完全不用重新读一遍就能回答问题。

在清理 locker 的时候，我就感觉 36、24、34 这几个数字，可能是我一辈子都不会忘记的（我 locker 的密码）。

再也吃不到学校的午餐，1.45 元一顿，随便你选什么吃，不过要排长长的队伍，除非插队；有时候纠结吃什么，有时候会为了冰淇淋而买不想吃的套餐。

不用天天熬夜又被晨铃痛苦地叫醒。设定的手机叫早时间是 6 点 40 分，事实上是 6 点 25 分的时候就能听到妈妈他们设的闹铃，然后赖在床上等妈妈在浴室里吹完头发，电吹风停止工作是最后的“闹铃”，此时必须得爬起来了。开灯，准备穿的衣服，洗澡，擦上淡妆，然后出门，看着日出去上学。

拉风地在走廊里晃悠，时不时有人说“我喜欢你的发型”。

不用功读书也能拿到超级好的成绩。

也许过几年我再回到这里的时候，就不会有些小尴尬。可能去掉交流生这个头衔，我会活得更加自在。

我被说成是比 senior 还要 senior（比毕业班还毕业班）：locker 里没有半本书，全是吃的和玩的。上课不用带书，只要口袋里塞一支铅笔。

不用再天天看着 Felix（学校的吉祥物）没有想法，红和黑（学校的标志色）依旧会是我喜欢的颜色。

我才想到，学校如果结束了，那么是不是等于到美国的交流也结束了呢？

今天 26 号，还有 20 天，就是我预订的回国航班的起飞日期。以前看别的交流生 facebook 上的状态，写着还有 1 个月或 15 天就要走了，我都不觉得什么，总觉得我回去还早着呢。其实现在算起来，自己连三个星期都不到就要离开这里了。

时间怎么能过得这么快呢。想想刚来的时候，怎么算 6 个星期都过不去，可今天居然已经是学校的最后一天了。昨天做梦还梦到和美国班上的同学一起玩耍，今天让我如何跟你们告别？

不可能再看到学校里谈恋爱像呼吸一样，手牵手就像喝水一样，也不会再看到男生把牛仔裤穿得很低，完全就能清清楚楚地看到里面那条裤子的斑斓色彩。

也不会再看到金色的头发和蓝色的眼睛，这个时候才意识到，那些对着你笑的眼睛是那么漂亮。

几个月前期待的事情现在终于发生时，却觉得如果时间一直停留

毕业典礼会场

班戒上刻着我的名字

在今天就好了。

回到两边都不一样的学校，过着两边都不一样的生活。

打算考完托福和SAT，再回到这里。如果能到IU（印地安那大学）或到Purdue（普渡大学）的话，那么就又能回来了，我是这么想的。

毕业了。晚上7点到9点，是毕业典礼。

整个体育馆楼上楼下座位不光是半个空座都找不着，连站的地方都快没有了。

当每个毕业生被叫到名字上台去领毕业证书的时候，这个绝对就是拼人品。有的人名字一出来，整个会场就爆发出一阵阵尖叫，但是有的人就半点声音都没有，这种感觉就非常差。我其实很担心，我上台的时候会是个什么情景。出乎我意料的是，真的轮到我的时候，居然有那么多人叫着我的名字。

两个小时的典礼，我一直在找妈妈他们，但一直没有看到家里任何人的身影。最后才知道，他们都站在我背后的二楼。这个是我一辈子都找不到的。

很嗲的，居然最后有coke拿，还是个很有纪念意义的小玻璃瓶，上面还有“Class of 2009”的凸起字样。

还有，我拿到我们班的“班戒”了。

再还有，下半学期我拿到了全A。

大事件

Big Events

它们真的能被称为是“事件”，它们有戏剧性，有期盼性，有挑战性。伴随着这些事件，我度过了无论是家庭还是学校最有乐趣或最艰难的时光。

They are called “events”
because they were dramatic, much anticipated and challenging.
Along with the events
I spent the most enjoyable and unforgettable time
with the family and at school.

小镇大追捕

Jack 只要一有机会，就溜出家门去撒欢。因为怕它惹出什么麻烦，每次只要它一出逃，我和 Orion 就跟在它后面狂奔，拼体力斗脑力地想方设法将它擒拿回来。我这一年体能的提升，Jack 绝对功不可没。

8.11

这是我所经历的第一次小镇大追捕。

在全家正准备出门之时，Jack 趁我们不备溜出了家门。这个疯狂的举动可真要了我们的命了。

我们开着车追它，眼看快追上的时候，我和 Orion 就下车去抓它，但 Jack 的速度比我们快很多，看到我们快追上它时就灵沽地转向。我们只得再借助汽车缩短与它的距离。

天哪，这哪是狗啊。我们的车速大概是每小时 30 公里，Jack 的速度比车还快。我们怕它跑到车多的地方，尽量把它往小道里赶。最终抓到它的时候，它伸着舌头，口水四处飘散，小身子一抖一抖的。我摸了它一下，神啊，它的身体烫得要命。

8.22

Jack 今天一下午都在疯也似的跑步。它溜出了家，就肆无忌惮地

在社区里跑来跑去。我和 Orion 跟在它后面跑到体力不支，只能站住看它跑。最后它也累得跑不动了，在我们视野范围内踱步。听到我们叫它回家的时候，它又马上跑掉。

最后我们放弃了抓它的念头，任它在外面撒野。等它回来的时候，我原以为它会很开心，但是我却发现，它右前腿上有一个被划破的口子。血已经凝住了，毛也被刮没了。肯定是在哪里疯的时候，被树枝什么划破的。

一定很疼吧。

9.2

今天下午不知怎么的就让 Jack 溜到外面去了。

今天是异常的闷热，我怎么叫 Jack 它都不听，围着房子转啊转的，最后跑去和对面邻居家的狗玩了。

我担心它在外面太热，就跑出去抓它，可它见我就逃。这个时候 Orion 朝我诡异地一笑，拿着两块狗狗饼干走出家门，当着 Jack 的面给邻居的狗一块饼干，之后 Jack 就在饼干的诱惑下，一会儿坐下，一会儿站起来走几步，最后就乖乖地被引回了家。

原来，Jack 是可以被饼干牵着走的。

9.11

今天的天气让人感觉格外不舒服，大概是我到这里以来第一次讨厌这里的天气。一整天都不时落下几滴雨，搞得整个环境湿嗒嗒的，热气都被云层遮挡住，完全散发不出去，跟上海闷热的黄梅天极其相似。

然后我就在这样的天气下面，又跑了一次“1 mile”。

Jack 在下午的时候又逃出去了，然后我们一家 4 人开始和 Jack 玩起了追逐游戏，大人开着车在前面堵，小孩在后面追着跑。

我觉得，Jack 是把我们这个居住区跑了个遍，似乎是带着我在那里熟悉地形。

Orion 是追了一会就开始玩了，散步采树叶等等，我就勤勤恳恳地一直拿着 Jack 的饼干，诱惑它，跟着它跑。

Jack 的速度真不是盖的。我穿着拖鞋，完全没有办法跟上，用饼干它也不吃套了，看见我就灵活地四处转向。

我就这样追着 Jack 追了 20 多分钟，最后被逼无奈，使出了无敌旋风饼干投掷术，才让 Jack 以为真的有饼干吃了，我才有机会逮住它。

真不希望再来一次。

9.12

今天一整天还是在下雨，并且又和 Jack 玩了 1 mile 追逐赛，在闷热潮湿的雨天，就在昨天最后说了一句真不希望再来一次之后的今天，又来了一次。

Jack 今天是学聪明了，知道我们扔饼干是为了抓它，所以开始对饼干置之不理。

我不知道为什么 Jack 就那么喜欢逃跑，它就是一条一条马路地压过去，时不时和别的狗狗对叫几声，要不就是在人家的邮箱下面作记号。

其实并不是有什么目的，也许就是为了满足自己的心理，因为平时它到院子里都是要戴上狗链的。

最后是 Jack 自己不想玩了，乖乖地坐在别人家门口让 Orion 牵住。

抱着 Jack 走很长的路回家的时候，我的衣服已经粘在身上了，Jack 也是湿湿的，黑黑的。

Jack 得到了洗澡作为“回报”。

我得到了汉堡作为回报，虽然是我自己做的。

11.3

Jack 终于闯祸了。

昨天晚上它跑出去，咬死了邻居家的一只猫。

不知大人们是如何跟邻居家交涉的，反正作为今后的防范，我们全家今天去为 Jack 买了一件“礼物”——带电的项圈。

确切地说，这根本不是礼物，而是一种惩罚。Jack 戴上这个项圈之后，只要跑出设定的范围，项圈就会自动通电。触电之后，Jack 就无法跑动，我们就可以方便地抓住它。这个项圈要 300 多美金，可是 Joe 他们还是买了下来，非常高科技的设备。

在我们回到家的时候，Jack 看到那个盒子非常感兴趣，一跳一跳地想知道那是什么东西。可是它不知道，从此之后，它就要像孙悟空那样戴上紧箍咒，无法再自由自在地生活了。

还是非常地感慨啊，可怜的 Jack。

11.13

放学回家后，Orion 说想要试试 Jack 的触电式狗圈，就牵着它出去了。过了一会儿，在那个狗圈“bi-bi-”响过了之后，Jack 发疯似的逃了回来，径直扑向家门，连给它吃的东西都不要了。

等它进屋后，妈妈还想继续做试验，就说不要牵住 Jack，看把它放出去会怎样。所以我们所有人包括狗狗 Bailey 都跑到了屋子外面，我把 Jack 抱出来以后，就看到它紧紧地贴着门，不管我们怎么喊它都不跑一步。在完全自由的状态下，Jack 居然想回到屋子里。显然它是被电怕了，身子一直抖一直抖。

后来我们开着门，屋里的人随意地和屋外的人说着话，但 Jack 还是死死地赖在沙发上，看着屋外的人，就连我们假装喊对面邻居家的狗狗 Roxy，平时 Jack 一看到它就兴奋，这次也没有半点反应。

看样子，跟在 Jack 后面在小镇上练 1 mile 跑的日子快结束了。

3.16

自从被套上了电子项圈，Jack 好久没有在小镇上撒欢了。不过，今天它又逮到了个机会。

晚上 8 点多我们准备进屋的时候，Orion 把 Jack 挪动到家门口，一不留神，Jack 就那么从项圈里挣脱了出去，然后那个跑得开心啊，很快就消失在黑夜里 。

它在外面基本上就那么跑了两个小时，黑漆漆的它也无所谓。天气那么好，又好久没有出去自由地奔跑了，不多跑跑太亏了的感觉。

我和 Orion 也就借着这个机会，心情大好地在草地上跑来跑去。

最后 Jack 是被邻居的饼干骗了，不过饼干它还是吃到的。

等把 Jack 抱回家给它洗澡的时候，我真想问问它：重获自由到底是一个什么样的感觉?

两小时延迟

Logansport 的冬天很美，因为常常下雪，冰封的大地在蓝天的映衬下折射着在上海无法领略的迷人光彩。对孩子们来说，这个季节值得期待的不光是打雪仗和到山坡上去滑雪，还有一件更重要的事情——学校推迟两个小时上课。这意味着不用在天还没亮的时候就走出暖融融的家，所以，希望学校通知延迟，成为这段时间我每天晚上祈祷的主要内容。

12.2

今天诡异了。现在是早上 7 点 57 分，我坐在电脑前面，确切地说是坐在家里的电脑前面，打日记。

原因是我们去了学校又回家了。

为什么呢，因为学校决定延迟两小时到校时间。

再为什么呢，因为地上的冰雪。

其实今天根本没有下雪，所以我就特别没有概念，为什么上课要推迟呢?

本来妈妈是查了网站的，没有上课延迟两小时的通知。但是我到学校的时候发现空荡荡的既没车又没人，连原本站在路口拿个 stop 牌子的大妈都不在。我们就忽然意识到了什么，然后妈妈一扭头看到了在校门边上有一块牌子，她十二万分地希望那不是延迟的通知牌。

当然了，不是延迟的通知牌是不可能的。之后妈妈就极度无语，并且愤怒，因为她在出门前是查过网站的。

然后，我就意识到，不光我们家人做事喜欢拖到最后一秒，连学校也是这样，不到最后一秒不更新网站，所造成的结果就是让我们浪费汽油。

上面那些是早上我去学校前写的，现在我从学校回来了。

其实今天是阳光明媚、万里无云，半点雪片都没看见。学校临时决定要延迟两小时上课，也许是考虑由于路面结冰可能会导致交通事故的原因。

确实，后来Joe送我和Orion去学校的时候，用的是那辆老旧的破卡车，一路上一直非常惊险。

一出门到大马路上，就发现交通似乎有什么问题，后来发现，应该是某辆汽车轮胎打滑，然后横在马路中间了，拦住了其他车子的去路。所以Joe就想掉头绕过去。这个一调头，就发现问题了。路面上满是冰，我们的破卡车根本无法刹车，不停地打滑。

终于在经受了重重考验之后，我们开到了校门口，可正好又碰到学生排队过马路，我们就必须停下来等。但这里的马路是一个向下的斜坡，我们前面又正好有两辆车，这个就恐怖了，我们就一直在往下滑，感觉再这样下去就要撞到前面的车了。

不过还好，Joe把车左扭右扭地开，终于坚持到了最后。在还差一点点就要撞车的时候，前面车子开动了。

12.15

我就说今天怎么感觉那么异常呢。

早上我手机闹钟响了，居然还没有听到Orion的动静，Bailey完全就没有起床的迹象，我甚至没有听到Jack的声音。我就费解了，是妈妈他们忘记时间了，还是今天又推迟上学了？

我就怀着半信半疑的心态起了床，开了门，可是妈妈没有过来跟我说今天要延迟什么的，我就更加奇怪了。因为Orion在我前面进了浴室，可是妈妈什么反应都没有，他就回到房间里去了。

当我拿了洗漱的东西刚要踏进浴室时，妈妈来了句："今天两小时延迟了。"我真是开心得什么话都没有了，转过身刚要回房间继续睡我的觉，Orion穿得整整齐齐地从自己的房间出来了。我们两个就站在黑漆漆的走道里，你看我，我看你。当然我不知道他到底看得清看不清我，反正我是什么都看不到。

然后我说，你不知道今天延迟了么？Orion差点昏过去，他说要是早知道就回去睡觉了。当然他也是这么做了。可是在我刚刚钻到被

大雪过后我们家的车顶着一层厚厚的积雪

子里的时候，Orion 出现，说他睡不着了，之后就缠着我。

我们就那么看了两个小时的海绵宝宝电视，看得我都弱智了。

为什么今天延迟了呢？因为路上都是冰，而且有大风。

很好很强大吧。

在我们准备走的时候，Orion 说副驾驶室那边的门打不开，当然在这之前他已经展示给我看了，倒真的是完全打不开。我就在想啊，冰那么牛地把门都冻住了。

妈妈来了以后，她也开不开这边的门。等她坐进驾驶室才发现，副驾驶室那边的门明显就是锁着的。好了，我终于知道 Orion 有多"害人"了，我们就那样在寒风里开那个锁了的门足足 5 分钟，还一边惊叹那个神奇的天气能把门冻成那样。

12.18

今天从早上到我现在坐下来写日记，一整天大家都在讨论一件事情——天气。最主要是因为这个关系到明天会不会停课，同时也就关系到明天的三门期终考试。

天气预报说，我们 Logansport 今晚会有冰冻警报，据说会下冰雹，而且一直要下到明天早上 10 点。如果真是这样的话，那么学校就是不得不停课的。如果不是这样，那么说不定只是有两小时延迟。

大雪后的 Logansport 阳光明媚，天地间泛着迷人的幽蓝色彩。

所以，学校里所有的人都在讨论着天气。大家分成了两派，一派是希望去上学，一派是不希望去上学。希望去上学的人坚守的信念是，考试迟早得考，晚考还不如早考，不考掉总会有心理负担，并且他们是那种一定不会在课余时间读书的人，所以如果放两个星期的假再回去考试，一定是什么都不记得了。另外一派，也就是我这一派，是完全不希望明天去学校考试的，主要是因为懒，停课的话就可以再拖一段时间。我其实是想要更多的时间去复习我的历史，因为对我来说，这门课有太多的单词要背，复习的时间越多越好。

然后我就到 weather.com 上面去看了看，气象图上下冰雹的地区已经覆盖了 Logansport 了，但是窗户外面太黑，我完全就没有办法辨别是不是已经开始下雨雪了。

希望是这样，我真的不想就这样去考试。

1.7

今天两小时延迟了。就在我洗完澡从厕所出来时，妈妈告诉我这个消息，说就在 5 分钟前通知的，还是外婆听广播的时候听到然后打电话来告诉妈妈的。不然的话，我们今天绝对又会要白跑一趟。

不过我觉得，今天的延迟绝对有人来疯的感觉，其实外面没有多少冰来着，也不怎么滑，就是别的学校延迟我们也延迟的样子。

不过也好，好的开始是成功的一半嘛。这个学期一开始就延迟，说明这个学期会有很多延迟的，虽然这些延迟的时间到学期结束时都要补回来，但是做学生的都是这样，能多一次额外的放松都是值得庆祝的，然后到补还的时候再垂头丧气。

1.12

好了，我一早醒过来就开始祈祷今天可以晚去学校，但也不是每一次都成功的。今天就是这样，直到最后也没听到什么消息，只好乖乖地出门了。

到了学校，所有人都在抱怨，说今天应该两小时延迟的。

本来天气预报说上周末说要有 6 英寸（约 15 厘米）的大雪，可到现在都没看见。今天又在那里报明天的温度要降到零下 13 摄氏度，不知道是真的还是假的。

1.13

今天再一次从失望开始——又是没有延迟的日子。虽然只有星期二，却发现已经过不下去了。总是给我们希望说，明天可能会有延迟吧，但总是让我们体验从天堂落到地狱的感觉。

人真是不能有奢望啊。

今天天气预报又说什么，我们应该会有零下 30 多度的严寒，而且单位还是摄氏度。不过我真不敢奢望可以盼到这样的鬼天气。

1.14

又是一个令人失望的早上：即使漫天大雪下得都跟疯了一样，依旧没有延迟的通知，更不用说停课了。我就在想，天上下那么大的雪你都不停课，我们学校就是有个性。

到了学校，所有人都在议论这个鬼学校这种天气为什么不延迟。我也很费解啊，有时候没什么事，学校却开开心心地两小时延迟，真下那么大的雪了，倒是照常上课。

不过最可笑的就是，居然在第三节课结束以后，来了个通知说什么可以提早放学。不过这也是好事情。

下午 1 点多一出校门，我才真感觉雪下得比我想象得大多了。积雪大约已经有十多厘米的样子，这个路也已经找不到了，所有的东西都是白色的。

就这样到了家，放 Bailey 它们出去上厕所，Jack 几乎是整条腿都埋在雪里面。

到了晚上，妈妈上网查明天学校上课的情况，几乎所有学校都通知延迟了，就是我们学校什么都没有说。这真把我吓到了，难道我们学校真是那种不到最后一秒不做决定的么？

开着电视看滚动条，字幕从 A 到 Z 地播放明天学校的情况，好不容易等到 L 了，居然还是没有 Logansport，这绝对是让我没有想法了。我就在心里暗暗说："如果明天照常上课的话，我就怎么也不起来了。"其实今天已经有很多人赖在家里没来学校了。

一直到我回房间准备睡觉的时候，还是没有我们学校的消息，我只能做好明天 6 点半起床、洗澡吃饭、冒着巨大的雪跟打仗一样到学校的心理准备，然后再期待学校早放学什么的。

可就在刚才，妈妈的电话响了，她从房间里出去，然后又回来，敲了我的房门说，明天停课了。

我真的是没想法到极点了。那么长时间不通知延迟，原来是在决定要不要停课。

很好，很好。

1.15

今天貌似睡不醒的样子，就一直睡一直睡，可是真的起来才发现，刚 10 点而已。

今天学校停课了，我和 Orion 在家共度了一天，异常无聊。

今天完全就是没有下雪，并且太阳都出来了，可还是非常冷，这个绝对就是因为融雪比下雪要冷的缘故。

话说晚上的时候，外面的温度真的到了零下 12 华氏度了，相当于摄氏零下 20 多度。

并且明天也可以不用去学校。

真正的原因我现在算是知道了，不是因为下雪，也不是因为路面结冰，而是因为温度太低。很多学生要在外面等校车，其实也就是等那么两分钟的事情，但是学校觉得这样可能会让学生冻出毛病，比如皮肤会被冻伤之类的，所以就那么决定停课了。

我真的是觉得怎么差距就那么大呢。

校车上是有暖气的，家里也是有暖气的，学校也是有暖气的，就那么两分钟在外面等一下校车有可能会被冻伤，也能成为停课的理由，我真是见识了。

反正不管怎么着，都是不用去学校了。

1.28

居然真的下雪了。一大清早就被妈妈推门而入吓到了。“哐”地一下然后听到妈妈说：“今天两小时延迟了。”我就是处于那种半梦半醒再加上提早把我叫醒、想砸人的状态下，听到了一个好消息。后来就把闹钟设到了 8 点多，想着终于可以多睡一会了。

在我做梦还没有做爽的时候，手机发出了震动声，心想怎么一下子就到 8 点了？一边伸手去按手机想消掉震动，一边还是因为感觉时间过得太快、太不可思议了所以看了一下手机，这才没有错过妈妈的电话。电话里又传来了一个令人振奋的消息——停课了。

2.19

今天早上在听到妈妈大吼了一声“Oh，shut up”之后，我就醒过来了。本来以为是 Orion 又做错了什么，没想到发生了这种事情。

谁都不会想到都快 2 月下旬了，春天已经在不远处的时候，还会突然在收音机里、在大家都要准备洗澡吃饭上学的时候，听到学校两小时延迟的消息。

理由是什么呢？就是在我又睡醒起来准备好要出门的时候，才忽然发现外面又都白了。

感觉就是很不正常啊，应该是看出去都是绿色的时候，忽然间都变成白的了。

明天应该是不会再延迟了吧。

YFU组织的东海岸旅行

YFU 的国际交流生在美国学习生活的一年时间里，还可以自由选择参加 2 ~ 3 次由 YFU 组织的旅行。除常规的东海岸和西海岸之行外，还根据区域划块，就近组织尼亚加拉大瀑布、夏威夷、芝加哥之旅。但所有的旅行都需要尽早申请，而且需要国内家长、美国住家父母及学校签署同意学生旅行的文件。

几十位来自各大洲国家的交流生一起旅行，不同的语言、不同的肤色、不同的文化，但却放飞着同样年轻的心灵。交流、融合和欢笑，给原本就很难忘的旅程增添了浪漫的记忆。

3.28

今天是为期 8 天的 YFU 国际交流生美国东海岸之行出发的日子。分散在密歇根、印第安纳等中部 4 个州的交流生集合后乘坐大巴士先去华盛顿。我因为和家人去了佛罗里达旅行，所以自己坐飞机到华盛顿去跟他们会合。

中午 12 点出门，家人把我送到机场，大约在晚上 7 点的时候，我就飞到了华盛顿，倒是 YFU 来机场接我的人来晚了。

坐了机场的车，9 点以前就到了旅馆。可大部队全部到达已经是子夜了。听我们 Logansport 的人说，他们这一路花了 15 个小时。我在心里立刻就感谢了一下 Joe，还好把行程安排在 29 号回家，让我错过了 YFU 的集合时间，所以才能坐飞机过来。要不然，我们从佛罗里达回来要 15 小时，然后要跟 YFU 的交流生们一起再坐 15 小时的车到华盛顿，那么干脆就先杀了我算了。

我们 4 个人住一间房间，我、郑州来的 Sara 和另外两个日本女孩。

3.30

在华盛顿玩了两天。

本来说冷空气到了华盛顿，可到头来我却一直穿着短袖，在阳光下一点都不觉得冷。湛蓝的天空下，樱花正在绽放，美极了。

交流生大约来了30位左右，半数为德国人，另外还有墨西哥、智利、西班牙、泰国、日本、韩国来的学生，中国的交流生共4个，两个南方人，两个北方人。

我基本上就是和一帮德国孩子混在一起。在我们参观完“二战”纪念馆之后，他们的情绪好像都很差。

华盛顿给我留下的是比较沉重的历史感，我还是喜欢节奏感更快、竞争和压力更大的现代化大都市。

期待纽约。

3.31

离开首都，朝纽约进发。中途在费城逗留了3个小时。

在费城，已经出现了一些高楼。看着别人在那里狂拍高楼，我就非常镇定地坐在那里玩我的PSP，心里其实很得意：这种高楼完全就是和上海不能比的嘛。现在我就是期待着去看看纽约，会不会让我有回家的感觉。

各国交流生游览华盛顿时的合影，左三是我。

4.1

神呐，今天纽约热到一定境界了，在将近30摄氏度的温度下，让我们在第五大道逛了5小时，整个人都虚脱了，还买了一大堆东西，本来以为那些品牌店都是坑人到一定境界的，没想到价格倒还可以。

哈哈，显然因为今天是愚人节，所以我骗你了。

上面所有的话都要反过来理解，除了那5个小时是真的。

在那么多奢侈品店里面逛了好久，没办法下手买任何东西。去了NBA的专卖店，可球鞋里没有女款的Nike，想买AI[注]的球衣，特别是他在76人队时的队服，但尺寸也都实在是太大了。今天还很伟大地下着雨，刮着风，让我们真切地感受了一下冷空气的威力。

10点半，我们集合去NBC（全国广播公司）参观。

[注] AI（Allen Iverson），NBA明星。在14年职业生涯中，他4次获得常规赛得分王称号，并有NBA“最有价值球员”美誉，曾效力于费城76人队。

因为传媒课上学的东西和做学校电视台节目的切身感受，让我在这 1 个小时的参观里，收获到了更大的乐趣。

在我们参观他们的摄影棚时，工作人员让我们体验一下做主持人播报天气预报的感觉，当然还是看着提字器来念。但由于提字器里看到的东西左右是反的，所以我们有些交流生在说西海岸的时候会指到东海岸去。带我们参观的工作人员幽默地说，如果你们实在反应不过来，不知道该指哪边的话，我建议你们就站在地图的中间学小鸟飞，两边海岸都指着，说哪边都不会错了。

体验完了以后，我还跑过去问了他们操作提字器的人很多问题，毕竟人家是全美著名广播公司的专业提字器操作人员，和他们的交流让我对自己在学校电视台的工作更有信心了。

因为下雨，所以很多事情今天都没有做，都要等到明天。

不过说实话，我真的感觉，纽约就是上海。

更加确切一点，就是到了晚上，满街的霓虹，那么我就感觉回到上海了。

4.2

今天去了矗立着自由女神像的码头。

晚上看了一部音乐剧——Guys and Dolls。10 点半回宾馆的路上，无意中发现了曼哈顿的夜景，然后领队就让司机绕了个圈子兜回去让我们拍照，玩了半个多小时。

我就在那里和别人玩叠罗汉——最下面的人弯着腰、两手撑住膝盖，其他人就一个一个往上跳，趴在下面那个人的背上。谁让我最轻呢，总是让我跳到最上面。这个其实很有难度的，需要很好的弹跳力。最厉害的一次，我们叠了 6 个人。

玩得好开心。想想明天就是旅行的最后一天了，后天返程，大家都要回到各自的学校。忽然发现自己似乎已经不想回去了。和来自不同国家的交流生在一起是那么快乐，不光我们有相同的年龄，更作出过相同的决定，有着非常相似的经历和共同的记忆。和他们在一起，自己就是不停地笑、不停地笑的样子，大家都互相关心，互相照顾。可我们能在一起的时间太少了。

不想回去，不想看不到你们，我还是好想和你们在一起。

4.4

早上 6 点就发车返程，昨天大家依依惜别，都通宵了。所以上了车，所有人除了司机，几乎都睡过去了。

整整用了 19 个小时，半夜 1 点半的样子，我才站在了自家的门口。Bailey 出来迎接我，但似乎举止有些怪异，也许它也和我一样，处于昏昏沉沉的梦游状态。

忽然间就发现，非常非常地想念那些新认识的朋友们，但是，也许就此永远不会再见面了，想得心里直想哭。

卖饼干

一直很想体验一下做推销员的感受，想知道如果我抱着一堆东西去敲别人家的门，会不会成功地把东西卖出去。当然，如果我是在国内，对一个高中生来说，这简直是在白日做梦。所以在美国，我一定要尝试一下。但是没有想到，我的这一举动会遭到住家妈妈的冷眼。

3.10

我也开始卖饼干了，为了田径队。居然说有回馈，什么卖掉 25 盒可以抽奖，有可能抽到 5 元或者 100 元，还有什么冠军能得到每盒 1 元的提成。所有挣来的钱会用于田径队购置队服和器具等。

饼干倒是卖得挺好，虽然很多老师知道我们在卖饼干就恨不得没有生出来过一样躲着我们。那些很好说话的老师，虽然不情愿，可还是被学生一个个逼着买过来。

大家缠着老师买饼干，互相之间明着抢生意做，还要费尽心机地想办法把别人的顾客抢过来。

我的目标是，在星期五（13 日）之前卖掉 15 盒。

3.12

因为学校里有太多人在卖饼干，搞得似乎所有的老师都已经被迫

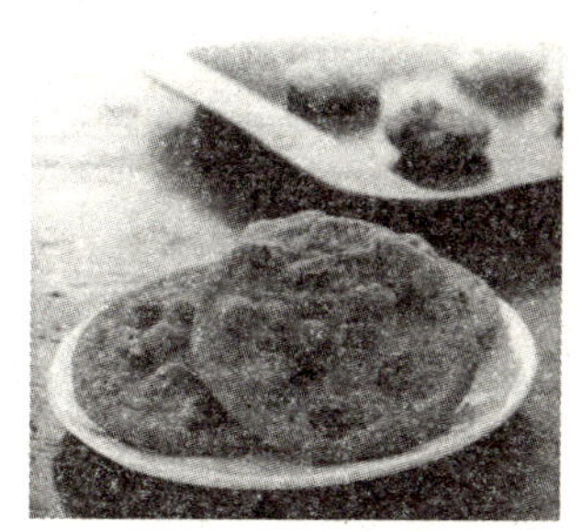

买过了的样子，所以我就怎么劝都劝不到 15 盒，回家之前只卖掉了 13 盒[注]。

寄希望于妈妈能在她同事那里推销掉几盒。不过我感觉，他们医院不会有什么人买，因为前一个星期，妈妈已经帮 Orion 为他们棒球队卖了 900 多元的东西，所以要再卖我的饼干，几乎是没有希望的。但我心里还是期待妈妈能帮我拿到两三份订单，问题是她前几天总是忘了把订单带去办公室。

等妈妈下班回家，我问她卖了多少，她就很费解地看着我，我顿时意识到，她把这事又给忘了。为了掩饰她的健忘，她马上说，前几天她问过办公室的同事，好像他们都不想买，其他人也就没多问。

我心里很委曲：你们帮 Orion 推销东西就那么主动积极，可我的订单就一直扔在一边，这个不是亲生的待遇就是不一样啊！今天是最后一天，你就这么随便地跟我说没人要买饼干，让我跟田径队的同学怎么交待啊。

所以我就说，那么我现在去问问邻居，看有没有可能再卖掉两盒，可妈妈说，我们要马上出去的，5 点半到 7 点半要陪 Orion 去看一个小学生艺术展。我心里憋着的火一下子就上来了，因为妈妈总是要我提前告诉她我的安排，可却总是在最后 1 秒才告诉我她安排我一定要做的事。再说我 100 年前就和她说到明天我一定要拿到 15 份订单，我也在 1000 年前就把要她帮忙的东西交给她了，可到头来还是要靠我自己来做。看看离吃晚饭还有些时间，我就往外走，Orion 也趁妈妈不注意，跟着我溜了出来。

冒着严寒，我们去敲了几户 Orion 认识的邻居家的门，可没有一家答应买饼干。在人快被这鬼天气冻僵的同时，我的心也像掉进了冰窟——真的是快绝望了。我总不能明天和队友们说，对不起我没完成

[注] 那种饼干是尚未烘焙好的生面团，每盒里有 40 团，可以有各种口味，售价 15 美元。

任务，然后再影响整个田径队的安排吧。

可现在，我也不能因为带着 Orion 出去卖“我的”饼干时间太长，再让妈妈不开心。回到家，我心情差到了极点，呆坐在餐桌边。妈妈就问我：“你不吃东西吗？”我总不能跟她说我在生你的气吧，只能说“我不饿”。其实我真的是一点胃口都没有。妈妈就用很奇怪的眼神看我，看得我真想发作一下。

从艺术展回家的路上，妈妈说她小时候做类似这种基金募捐的事，向来都是不麻烦别人帮忙的。我就想说，我从来没有做过这种事，又不是美国人，本来交流生就处在弱势，也没有人教我怎么做，你不帮我谁帮我？再说你帮 Orion 卖了那么多东西，那么留给我的机会就半点都没有了。其实我是信任你才让你帮我的，到头来你不光忘记，还在那里找借口。所以我就说：“那等回到家我再去邻居那里问，不管谁家的门我都敲来问。”

回到家我拿了东西准备出门，妈妈就很费解地说：“你又出去干什么？”我说我去敲门。然后 Orion 就跟着我出去了。

因为我没有像 Orion 这样穿着厚外套出门，所以这次被冻得相当厉害，手指完全麻木了，敲门的时候就感觉稍用一点力，手指头就会断掉的样子。我们一共敲了 15 家，总算拿到了 3 份订单。

我要感谢 Orion，能有这样的收获，多亏他一直陪着我并且鼓励我。每次被人家回绝，我总是说算了我们回去吧，但 Orion 坚持说，接下来这家一定会买的。我说你确定吗，他说非常确定，但是敲了门，基本上还是被回绝，而且没有一家是让我们进去说话的，都是让我们等在寒风中，我感觉自己很可怜，但还必须对人家笑脸相迎。

回到家我才发现，我的脸和手都已经冻得变成紫红色了。

终于完成了订单，我顿时发现自己的肚子饿得咕咕叫了，我就进厨房盛了点妈妈烧的东西准备吃。就在这个时候，妈妈正好从地下室上来，看到我在吃东西，就又用很奇怪的眼神看着我说：“你不是说你不饿吗？”然后整个晚上一直都用那种眼神看我。我真觉得她这样对我没有道理，我哪里错了需要你这样奇怪地看我，我没有回嘴你应该感觉庆幸才是。

我估计她还要奇怪地看我几天。

3.13

今天到学校我开门下车的时候，妈妈连看都没看我一眼，bye 也没说就走了，让我心里堵了一整天。晚上我就和 Joe 说，我觉得妈妈生我气了，他就很轻描淡写地说，只不过是这星期事情太多，她太烦了，一点小事就会很不舒服，不像他，整天那么开心，从来不会有那种心情。

我发现也是，有时候他和妈妈吵架了，马上就会恢复正常，处处让着妈妈，性格的确非常可爱。

我很庆幸 Joe 能这样安慰和开导我，而没有让局势变得更为紧张。

好在我也是个乐天派，关键是饼干已经卖完了，我也没有什么心理压力了。

希望妈妈也能早点恢复正常。

编外队员的胜利

篮球，一直是我最喜欢的运动项目。而如果能在美国打篮球，那种感觉就更酷了。在加入美国学校篮球队的第一天，我的心就一直被激励着，欢快得像小鸟似的。但是，要被一支高水平的队伍认可，对于一个来自亚洲的交流生来说，真的不是件容易的事。我和近乎于严苛的主教练之间的一场毅力比拼，也从这一天开始了。

11.11

说实话，其实我并不是很喜欢我们篮球队的主教练，因为他好像不是很喜欢我们交流生，尤其是亚洲来的交流生。他从来都不叫我名字，和我说话的时候也从来不看我的眼睛，问他问题他也显得非常不耐烦。

有一天我问他，我会不会有队服。他回答说：你们交流生是没有多少机会上场的，你们交流生来这里就是体验一下不同的文化，学学英语，能在这个队伍里感受一下，跟着一起练习练习就可以了，再说你们的球技并不是很好。

他说这些话的时候，我真有抽他的冲动。我花了同样的精力练习，甚至不比美国的学生差，花了比他们还多的钱买这个买那个，到头来不但不能上场，而且还必须到场坐冷板凳看他们比赛，还被说成我已经得到了我需要的了。

再说，在训练队员间配合的时候，教练从来就不把我当队员，根本连参加训练的机会都不给我们交流生，还说是我们球技不好。美国学生都是有固定的搭档，所以很多时候我就只能一个人练习，也没有人教我，说到底还是很孤单、很不舒服的感觉。

但是，尽管如此，我是还要留在队伍里。

11.12

明天是我们的第一场篮球比赛。

晚上吃饭的时候，大人们问我激动不激动，我就很平静地说，完全没有，因为我不可能上场比赛。

之后我就把我们教练对我说的话一五一十地告诉了他们。Joe 听完的第一个反应就是，他要冲到学校去教训我们教练一顿。

不像有些接待家庭，会觉得教练是正确的，或者是学生夸大了教练说的话，或者就是无所谓这个事情，但我住家爸妈的反应完全就是把我当自己家的孩子了。他们说一定要去找教练说说这个事，这真的让我非常感动。

不过说实话，我心里还是有些忐忑。如果家里人去找了教练，说不定他会更加讨厌我，处处刁难我，永远都不让我上场。结果或许会是这样。

11.13

今天家里人都来看我们的篮球比赛了。我没能上场，坐在一边看了一场说实话真的是很精彩的比赛。

我们学校的女篮真的是很强悍的样子。

妈妈他们终于搞明白了一件事，原来我们交流生的名字被教练写在了 manager 一栏里，所以说，我们根本就不是队员，而是经理。虽然听上去感觉不错，但其实就是在别的队员训练的时候，帮她们看看包、递递水、收拾收拾球，打杂的。

如果不是妈妈他们今天来了，估计我永远也不会知道我在篮球队只是个经理而不是队员这个事实。

反正我们全家都对此非常不满意，妈妈的反应似乎比我更大。

不过，又能怎么办呢？

11.14

今天训练结束后，主教练把我叫到了他的办公室，我知道一定是妈妈去找他说过什么了。

费了很多口舌，教练一直在表达一个意思：在印第安纳，每年有三分之一的教练会被辞退，原因就是带的队伍没有获胜，而他当了 30 年的教练，带出了一支保持在夺冠位置的高中女篮。但是他答应会网开一面，考虑在本季最后 3 场比赛里让我上场稍微感受一下比赛的气氛，但我是不可能得到队服，也不会有号码的。

11.16

如果说，教练真的是不喜欢我们这些外国学生，那么我是不是应该更加努力地练习，力求完美，说不定哪天教练看到我的努力和进步，然后就会觉得是不是自己以前看走眼了？

虽说目前在篮球队，心里总感觉有些不舒服，但我还是学会了很多东西。不光是胯下运球，就是上篮投篮的命中率都比以前提高了很多，更不用说学了很多团队配合。

今天在练习跑位的时候，我就特别用心地去记了一下，总感觉，教练们就是觉得我们听不懂他们在说什么，所以就不重视我们。其实我看别的队员的动作，一看就知道是刚才讲的什么技巧，我只不过不好意思对教练说“嘿，我能比她们做得更好”罢了。

其实，我们球队另外两个教练对我还是比较肯定的。今天在别的队员示范之后，其中一个教练问我想不想试试，而且真的是让我换下了其他队员。然后我就发挥超强的学习能力，做了很清晰、很到位的动作。所以教练不得不，其实是发自内心地说，你很好嘛。

11.20

今天是完全平凡的一天，一点值得记录的事情都没有。如果真的一定要写些什么，那么也就是篮球训练时候的不愉快了。

问题还是出在那个老头教练身上，他其实就是一心想逼我退出，我看得出来，对我说话的态度和看我的眼神，反正要多不舒服就有多不舒服。

其实他可以说自己是严师出高徒什么的，不过这也是我帮他找的借口而已。

我估计，以前的交流生要是在他队伍里，结局都是自己选择退出。但我偏不，我一定要成为一个特例。

再苦再难，我都要坚持到底。

11.23

今天训练结束后，居然让我们和新生打 5 比 5 的对抗赛。

在主教练眼里，好像从不把我当人算一样，我就只好坐在场边，不像别的替补球员就站在教练边上，时不时被换上场去。

我就很纳闷，为什么连练习赛都不让我试试。

在比赛快结束的时候，一个平日对我比较鼓励的教练忽然问我想不想上去感受一下，我当然非常愿意。可主教练就在那里跟这个教练耳语，意思就是她是交流生，不用打比赛。然后那个教练就说，所以让她现在打啊。

反正我心里非常不是滋味地上场打了两分钟的样子，还被一个我原本就不喜欢的女生说了几句。

结束之后，让我上场的教练问我感觉怎么样，还说他喜欢我的投篮，说我很优秀，让我继续努力。

11.25

先大笑三声。

我拿到了队服了，34 号。

有生以来的第一个正式篮球队员的号码，LHS（Logansport High School）的 34 号。

并不意味着明天的比赛我就能上场，最多就是和他们一起热身，可是就像那个对我很好的教练说的那样，这是第一步。

这绝对是一个惊喜。

今天就是在我坐着和别的队员聊天的时候，那个主教练走过来跟我说去拿队服，我一下子还反应不过来。在 manager 叫了我两声之后，才真的意识到教练是在和我说话。

主场，白色球衣；客场，黑色球衣。这两种颜色怎么看怎么适合我。

相信全家人都会和我一样高兴。

12.4

不能不说一下今天的比赛。

今天是类似于地区的一个冠军赛，我们坐大巴去客场比赛，一共要打两场，这个完全就是考验队员体力的。一场激烈的比赛之后，在没有多少休息的前提下，要打一场更加吃力的比赛，这绝对是一件非常辛苦的事情，也许还是超负荷的。

我还是和平常一样，换了衣服和他们一起热身，我完全就没有想过之后会发生那样的事情。

第一场比赛，我们打得非常轻松，一开始就把比分拉开了 10 分，到后来我们就跟打着玩儿一样，看得出来，其实对手很快就已经放弃了。我就悠闲地坐在场边。

就在最后一节还有 3 分多钟的时候，教练指着我这个方向说："准备一下，换 xxx 下来。"刚开始我还以为教练是和别人在说话，然后发现所有人都在看我，我就感觉不对了。貌似我的脸忽然间就红了，我知道这是我第一次上场打正式比赛的机会。

教练说，让我上去 1 分钟。可在篮球比赛里，1 分钟也是不短的时间了。

于是我就开开心心地上场去了。

在真的体验过之后才知道，比赛并不是我想象中的那么难。没有多少人会给你传球，也许一场比赛下来，你根本摸不到球。然后还感觉，时间没有想象中过得慢，我的那个 1 分钟，感觉就好像是只打了 20 秒的样子。

我只不过是盯着我的人，然后给别人挡拆了一下，不过没有成功。

终场之后，最让我没有想法的是，双方队员握手之后，所有的队员都跑到我这里来，说这是场非常好的比赛，因为 Wind 上场了。

我真的不知道能说些什么，感觉其实自己没有做什么事情，可是别人还是给了很多的鼓励，不管是出于什么目的。

然后走回更衣室的时候，所有人都在问我这个问我那个的，让我感觉非常好。

然后第二场比赛，我心想，总不会再让我上场了吧，因为一开始我们一下子就被打懵了，对手打了一个 9 比 0 的高潮。可是不知怎么回事，第二节的时候，比分在不知不觉缩小着差距。到中场的时候，我们居然以 6 分领先。

然后，分数就保持着我们领先的状态，直到第四节，我们忽然就把分数拉得更开了。这个过程我根本就没有办法想象是怎么发生的，可是抬头看看比分，已经是 10 多分的差距了。

好吧，然后我又被放到了场上，大概 30 秒的样子。对方有一个罚球，然后我回防盯着我的人，她是唯一一个在自己半场的球员，可是没有人给她传球，所以我也等于不需要怎么守她，然后我们就赢了。

可是所有人还是围着我。

好像整个过程被我说得非常轻描淡写，但我真的是非常激动，即使两场比赛我只上场了不到两分钟，但毕竟这是我第一次在正式比赛中上场。

不知道我下一次什么时候会被放上场，我也并不会奢望哪一天我可以在比分落后的时候上场，也不奢望他们真的把我当“球员”而不是交流生，我更不奢望我能打更长时间的比赛。

只要教练和队员们承认过我，就可以了。

学校电视台

Mass media——传媒课，是我在美国这一年最放不下的一门课程。我做梦也没有想到，曾经以为自己做了错误的选择、让我极为沮丧的传媒课，会让我全心投入，在各种挑战中找到乐趣和成就感。也正是因为这段在学校电视台采访报道的经历，让我在校园的人气直升，交到了更多的朋友。

8.22

传媒课的考试真的是非常难。给的讲义内容都是相当专业，什么剽窃啊，专利啊，上诉啊，诽谤啊，还有很多做报道时的注意事项，该怎样运用语言，该在什么场合下录像，同时还要知晓很多相关的法律条文。

原本老师说，考试的内容就是平时做过的那些作业。我花了很多时间，把大致的内容都框架性地记忆下来了，拿到了题目才发现，还是有一大堆字母很长的一辈子都不会认识的单词，根本不知道如何用它们来填空。还有简答题，问在什么情况下可以上诉，列举 5 条；还有做报道需要哪 4 个步骤，但平时作业的材料上共写了 7 个步骤。我迷惑了很久，还是只能答出来一半。

所以说，选这么专业的课程真的是很不明智啊。

9.3

今天最开心的事是，我终于过了把摄像瘾。绝对专业的录影过程，两个播音员，三台摄像机，一个现场导演，一个总导演，我站在了 camera2 的位置上，专门对焦其中一个播音员，耳机里会传来很多指令，比如 headroom 或 zone in/zone out 等。

刚开始因为什么都不懂，而且也不知道摄像机的按键在哪里，只是很茫然地看着别人，最后导演只好把这些事情转给 camera1 来做。不过我想，以后的话，我就知道怎么做了。

非常期待地，希望下一次做这个录影。

9.23

这几天的传媒课，我一直在做一个短片，时间不能超过 1 分钟，要自己寻找题材，自己拍摄剪辑，做一些放在新闻之后的花絮，最好内容要比较搞笑。

实践下来，感觉做新闻不容易，拍这种花絮式短片更难，关键是要求我们在 50 分钟一节课的时间里完成，所以就必须在很短的时间里想到很好的题材，同时还必须在很短的时间里做完采访并拍摄。

今天似乎是我们这一组做得最好的一次，题材是我提议的——做有关交流生的内容。老师说可以做成正规的采访，也可以做成搞笑的东西，我选择了后者。内容讲的是一个交流生教一个美国学生说中文，但却故意把单词的意思教错。然后这个美国学生到处炫耀自己会说中文了，但其实别人都知道那个词的真正意思，于是闹出了很多笑话。

拍出来的短片效果非常幽默，大家都笑得前仰后合。

嗯，我就是强悍。

10.2

我现在终于知道电视台的新闻播音员为什么可以看着镜头流利地播报了，因为在摄影机巨大的镜头上面，是有滚动文字的，也就是有一个提字器，而不是我想的什么边上有电脑啊，有人站着举着纸头啊之类愚蠢的办法。

为什么我会知道呢？因为我今天坐在了镜头前，做了一次播音员。

主持人一共3个，两个播报校园新闻或通知，另一个播报体育新闻，比方说我校到了xxx学校进行第几场橄榄球赛，xxx得了多少分，xxx有几次抢断。所以说，播报体育新闻会遇到超级多的名字。我很“幸运”地成了这个角色，然后就见识到了这个念人名的恐怖。

10.18

我忽然再一次发现，我们传媒课的老师离不开我了。因为在他嘴里，我就是“专题报道之王”，总是能在最短的时间里完成最不可能的任务，所以他一天到晚把我放在很凶险的位置上，我就被逼得只能变成天才。

我就不说提字器的工作了，似乎没人有耐心比我做得更好，所以我就一直发扬风格做着这个完全就是不留姓名的工作。每次新闻播报结束后，滚动出现的工作人员名单里总是没有我的名字，因为我是干提字器的，谁会正大光明地告诉观众说，我们播音员能不看稿纸是因为面前有个作弊器呢？

提字器就和魔术一样，是不能被挑明的。

11.3

今天传媒课的时候，老师和我们进行了一对一的谈话，主要内容就是下半学期会不会继续选修这堂课。

因为这堂课并不是必修的，有些人课上的表现也并不是很积极，所以下学期有些人可能就离开这个班了。同时，也因为我们学校电视台马上就要进行正式的新闻报道了，所以我们的任务会越来越艰巨，我们也需要找到适合自己的位置，所以老师和我们进行了这次面对面的交流。

Mr.Reed 问我最想做的位置是什么，当然前提是我说我会继续选这堂课，然后我说是摄像。因为如果让我坐在播报台前非常快地说英语，并不是非常现实的事，因为有太多的单词啊名字啊，所以做幕后，还是我的首选。

当然也是因为我一直在做摄像，所以非常熟悉这个位置。

其实做摄像对我来说也是有挑战的，它不是简单地推拉镜头，或是揿揿按钮，还必须跟着新闻的播报调整摄像机的位置，说不定什么时候来个紧急状况，就要灵活地马上做出调整。

在听完我的想法之后，Mr.Reed 说的第一句话就是：I'm very happy to see your smile（我非常喜欢看你的笑脸），因为之前我们拍过很多短片，有特别报道，也有花絮，老师评价说我有很强的个性，感觉我非常适合做这个工作，所以他有时会把我放到主持人的位置，让我独立做采访报道。

我真的非常喜欢我的两位传媒课老师——Mr.Reed 和 Mr.Kimbler，他们都非常照顾我，会时不时和我说说话。

而且他们都很有经验。能有这样两位老师来教我这么专业的课程，让我感到非常幸运。

我和传媒课老师 Mr.Reed

11.7

今天传媒课看似没有什么意思，我一直无聊地坐在那儿，直到最后 10 分钟才进了录影棚。

一进录影棚，大家就开始紧张了，因为事实上从今天起，我们要正式为学校电视台做节目了。

原本空荡荡的录影棚里，搬进了专门为播报新闻定制的背景墙还有桌子，在录制的时候不单单就是在屏幕上切换名字，而是和正式的新闻一样，在一边会配上照片什么的，感觉非常专业。

可能是老师考虑到我英语水平的关系，所以把我放在了摄像的位置。说实话，要做好摄像其实也很难，一边要看列表了解什么时候该做什么，一边又要听耳机里内外两个导演的指令，其实这个才更锻炼英语。

第一次拍摄，我还是犯了一点小错——移动摄像机过早了。不过，也不是什么大问题啦。

接下来我们就真的要走上正轨了，不单单是完成录影棚里的任务，更多的可能是要走出学校，甚至到 Logansport 以外的地方去采访拍摄。

很有挑战性啊。

11.12

话说我们学校电视台已经走上了正轨，我们要开始每天采访，做

传媒课的录影棚

电视节目。你总不能老是让观众看主持人在镜头前叽里呱啦地念新闻吧，这样就和广播没什么两样了，所以，我们需要的是采访，实地的采访和拍摄，知道吧。

我是负责摄像的，但一开始我没意识到，负责摄像的人其实就是必须到实地去采访，而不仅仅是在演播厅拍主持人的。

这个性质就完全不一样了，说明我不是全在幕后，而是要深入群众，给别人参观的。

我第一次的实地报道，截止日期是 11 月 13 号，所以说，我不得不用今天放学后所有的时间去采访录制。

我和我搭档要去拍摄的，一上来就是男子摔跤。

这下可精彩了。整个训练场，除了两个女经理之外，就我一个女的，问题还是个外国女的，这个就更没话说了。我扛着巨大的摄像机和三脚架走进门的时候，就感觉所有的目光都集中在我的身上，我就差没有听到“哇——”的声音了。说真的，那种感觉真的很爽。

我们老师说的很对，专题采访和做花絮是不一样的，专题采访是需要用六七个小时拍摄，然后编辑制作成一个两分钟的报道。原本以为我们只要一两个小时就可以完成所有的录制，然后我就可以回到体育馆参加篮球队训练的，事实上，我用了 3 个半小时才真正结束了所有的录制。

慢慢地开始有这样一种感觉：我在学习顾问的怂恿下，阴差阳错地不小心选了 mass media 这门课，原以为是噩梦的开始，没想到这却是一个非常明智的决定，到最后发现自己全然乐在其中了。

刚到学校注册选课时，我还在纠结最后一门到底是选烹饪课，还是选音乐或舞蹈课，我的学习顾问随口问了一句：“你喜不喜欢上镜之类的事？”我脱口回答：“当然喜欢。”然后，她就认为我应该选 mass media，因为除了基础知识，这门课大部分的时间其实就是在做学校电视台的工作。

刚开始的时候，因为有太多书面的、枯燥的东西，我又不是经常讲话，总觉得在班级里很压抑，可是学到现在，真正发现了乐趣之后，就感觉完全放不下这门课了。

因为今天的采访，我认识了很多新朋友，和很多同学的关系也更好了。很多人都在问你们这个做的是什么？是不是真的会出现在学校的电视上？采访中我也越来越清晰地意识到，如果说做花絮的部分能让我走到镜头前，那么做实地的拍摄和采访，会让学校更多的人认识我，这样下去，我的学校生活就应该变得更加顺利。

其实话说回来，我就是喜欢别人的目光，尤其是那种惊讶的、崇拜的目光。

明天一整天会更忙，因为要编辑我的采访。这几个小时的录像素材要大刀阔斧地删剪浓缩至规定的 1 分 15 秒，可不是件容易事。用我初中语文老师的话来说，就是写作文要舍得扔材料。

现在拍到的太多好的镜头，如果不舍得剪掉，到头来就会超过规定时间，这可不是闹着玩的。

11.13

今天我把所有的时间都扑在我新闻采访的后期制作上了。

一大早到学校，没有去餐厅，而是直奔 mass media 教室，把录像全都倒进了 iMac 里。摄影课问老师要了个 pass 又回到了那里，连着后面正式的 mass media 课，我就一直在那里和 3 个多小时的录像搏斗。

最终把它搞定在了 1 分 14 秒，比规定时间少了 1 秒。

这个忍痛割爱割得完全不像话了。对教练的采访，删到最后，只留了一个问题。

原本说好放学之前要开始录我们的花絮，但是因为我的搭档临时有事，就改到了明天。

我们的设想是要拍摄学校走廊里放学时的拥挤样子，所以我们就必须要赶在别人走出教室之前，放好摄像机“守株待兔”，所以就不得不跟老师请假，提早离开自己的教室。

我忽然想，大概也就只有在美国，我才能真正那么一门心思地把时间投到和考卷、作业没有关系的事情上去，而且全然不用担心第二天还有考试。

11.14

终于感觉到什么是累了。

一整天我就忙着做采访的后期制作，以至于我都把 iMac 玩转到了一定的境界。

用了整整两节课，在昨天完成的基础上，更加美化了一下，居然可以做到保持现场采访的声音，可是画面却是 B-roll（拍摄的其他场景或资料）。1 分 14 秒的采访，在我看来绝对是有专业水准的。

无论怎么说，这都是我第一次的实地采访拍摄工作，我认为我绝对有这方面的天赋。

因为我的新闻是放在下星期一播报，所以不得不在今天完成，那么我就选择了最后一节数学课向老师请假。这个在中国就是所谓的翘课，不过在美国，只要有 pass，就什么都不怕了。

为什么我会选数学课呢，因为我知道，数学老师绝对是会放我去做的。

显而易见地，当我把 pass 交给数学老师时，她看了看说："如果是别人我绝对不会同意的，但因为是你，那就没有什么理由阻止你去了。"

紧张的后期合成、制作刻盘，一直持续到了 3 点 35 分。

因为 3 点 45 分是我们篮球队出发的时间——要去别的城市打客场比赛——所以我不得不迅速撤退，拿了东西，在半路上还忙里偷闲地和一只类似于松鼠、只不过是灰黑色的刚出生没多久、摸起来毛茸茸的小动物玩了一玩，然后坐上了校车。

11.17

好吧，今天我的搭档居然没有来学校，这是一件非常令我生气的事情，明明知道明天是截止日，我们还什么都没有做，她居然可以不来学校！但其实也不是特别生气，因为我知道我可以和老师商量，把截止日期再往后推一下。

今天是我们电视台第一次正式在学校作现场播报，向大家展示我们一星期的练习成果。第三节课快结束的时候，全校都在收看我们的节目。我们传媒课所有的制作团队都很激动，把电视的声音开到最大。看着自己录制的采访，虽然没有出镜，节目最后也没有我的名字，但还是很开心，感觉自己的工作有了回报。即使有些老师根本就没有开电视，很多学生根本就没有看到我们的报道，可是对于我来说，只要它出现在了电视里，那就是最大的回报。

明天，后天，更多的报道会继续出现在学校电视台节目里。

希望我搭档明天会来。如果她来了的话，那明天就是一个非常忙碌的日子。

11.20

今天开始做一个新的任务，是关于一本书的采访。今天读书俱乐部组织了一个读者 party，所以我们进入了 party 现场，进行采访拍摄。

也许因为是 party，人的脑子好像就不怎么好用了。我们在做采访的时候，很多学生就开始人来疯，故意在镜头前走来走去地捣乱。当然这些人都被我骂了一顿，其实就是教育了一下，让大家了解我们做节目的艰辛。

1 小时的 party 时间，我扛着摄像机就没有停过，帅当然是帅啦，但这个代价就是我的脖子快断了。

之后我就马不停蹄地开始后期制作。从 5 点做到了 7 点，所以我根本就没有回家，一直都留在学校里。

这个思想高度集中加上电脑前的连续工作，累得我几乎到了崩溃的边缘。

12.5

今天第三节课电视台放新闻的时候，我真是紧张得要死。

在开始没有多久，我们的采访就被放出来了，我是外景的主持，所以一上来出镜的就是我。然后我第一个感觉就是，完了，台坍大了。再怎么说我都是有一些底气不足的样子。

结束之后，同学们都夸我，鼓励我，可我还是感觉没脸见人了。

说实话我还是一个非常害羞的人嘛。

应该是心理作用的缘故，反正就觉得下课在校园里走的时候，看我的人比以前要多了。

之后我跑到了英语老师 Mr.Davis 的教室，他看到我就问：“今天电视上的人是你吗？”我说：“是的。”然后他说，那么我问你一个非常白痴的问题，你的老师是 Reed 和 Kimbler 吗？这真的是一个不需要回答的问题，地球人都知道答案。但还是引得教室里很多同学羡慕地看着我，搞得我很不好意思。

12.9

今天放学后，我没有去篮球训练，因为要做 mass media 的花絮。

我跑到 Mr.Reed 的教室。它所在的 H 教学楼原本就很安静，然后又不是上课时间，所以更加安静了。

我有很充分的时间，又如此安静，没有人催促，我放着音乐，在电脑上剪辑自己拍摄的那些熟悉的花絮，感觉就特别舒服。

这次花絮我的创意是，问所有人为什么圣诞节要放圣诞树，然后把好玩的答案都拼在一起，居然有人说是为了遮荫防太阳晒的。在采访的时候就是单纯地觉得好笑而已，现在仔细一想，就意识到这个回答真是有些不对劲，这个大冬天那么温暖的太阳，要遮住它干什么？更何况圣诞树是放在室内的，有多少太阳能遮呢？

慢慢吞吞地，我用了 1 个小时完成了剪辑，把盘刻完。居然心情大好地决定开始做别的作业。什么化学作业啦历史作业啦，特别轻松、没有压力地又过了两个小时，就感觉原来放学之后还可以这么舒服啊。

即使没有人说话，也不是那么热闹，也会觉得好开心。

传媒课教室里可爱的 iMac 苹果电脑们

1.21

用了半节英语课和半节历史课的时间，终于把我们今天要用的采访给编辑好了。

我这次和搭档做的是关于 cursing 的内容，就是问大家如何看待粗口。其实有点冒险，因为这种题材做不好就等于白做。

我给 Mr.Reed 看了我做的东西之后，他什么都没说就在那里刻盘了，搞得我非常紧张，不知道到底是好还是不好。在第三节课的时候，我也一直在想 Mr.Kimbler 会怎么想。

第三节课下课后，我们的采访就在电视上放出来了。我的搭档后来告诉我，当时放的时候她和 Kimbler 就在演播室，然后在看我们节目的时候，Kimbler 说这个采访拍得非常好，还说 Wind 超级有天赋什么的来着。

居然被老师这么说了，我真的不好意思呀。

其实我自己对这次作业还是有不满意的地方的。因为做 B-roll 的人特别偷工减料，我没时间就只好让我搭档随便拍了点东西，她偏偏选着有亮光的地方拍，背景全是光线，所以人就变成黑影了，而且她还一直待在一个地方拍，所以显得特别单调。

不过后来在后期制作的时候，我尽量把这些不足处理掉了。能被老师这样肯定，我就更有信心了。

2.5

我又回到提字器的工作了。

我所要做的，就是跟着主持人说话的速度滚动鼠标，让提字器上的文字不断在屏幕上滚动。

这个工作的难度在于，坐在提字器后面的人看到的单词字母全部是反过来的。对我来说，密密麻麻英文字本来就颇具挑战性了，现在还要看反着的英文单词，还要跟上主持人的节奏速度，这个难度可想而知了吧。

2.18

今天我要做采访，所以提字器换了个人来操作。就在我蹦蹦跳跳回到录影棚休息的时候，忽然听到有人在那里大叫我的名字，那种悲惨的声音就类似于在说："Wind 在哪里啊？"然后我就急急忙忙跑了过去，才知道原来新来做提字的人，把事情搞得一团糟，所以那些播音的人就开始怀念我了。

节目录完之后，他们就跑过来对我说，还是喜欢跟我合作。

我看那个新做提字的人一直在那里抱怨："怎么做提字器那么烦啊！"异常讨厌这个工作的样子。

有了比较我才知道，原本我把提字器的工作做得那么好。（笑）

4.9

要说今天最大的事情，那么大概就要说传媒课了。

因为做体育新闻播音员的人今天没有来，所以要别人帮忙代替他的位置。

不知谁在那里说，那就让 Wind 代替好了。我也就是好玩，拿起稿子来读。读着读着，发现其实我真的是可以完成的，然后就开玩笑似的坐到了镜头前，然后班里的人就开始兴奋了，以为我真的要做，就开始鼓励我。我们那位年轻的老师 Kimbler 碰巧这时从控制室里出来，也没说你怎么坐在主持人的位置，居然还让我先试一下麦克风。

我就那么半推半就地真的上了电视！真的就那么当了回主播！

之后在学校里，我收到了比以前更多的回头率。中午吃饭的时候，还能感觉到很多人都在议论我，估计他们都看电视了。

第一学期刚开始上传媒课的时候，我还以为自己选错了课程呢，现在想想真觉得，我做了一个正确的决定，包括在下半学期继续选修这门课。

4.29

我这星期传媒课要做的新闻基本上都做完了，上课的时候我跑到录影棚里，看到 Kimbler 在和我搭档说话，我就对着他"哈"了一声。他看着我说："今天放学你要留下来。"我说："为什么啊？"他说你别跟我吵，我让你留下来你就要留下来，我就超级茫然地哼啊哼的。然后他又说："你就是要留下来。"最后我才知道，他要我做校内篮球冠军赛的新闻。

如果说光做冠军赛也就算了，他居然是要我从 1/4 赛开始做起。

6点开始，从两场1/4赛录到最后的决赛，一共3场比赛，9点结束。

我就那么死扛了3小时的录像机。

而且，我还没有时间吃晚饭。为什么呢？因为Hein让我们练舞。

不过，做关于篮球的新闻还是我非常喜欢干的事。来看比赛的人很多我都认识，所以可以开心地去做采访。

不是我说，我差点被别人踩死。

在终场以后，我看到场上的一个队员——是我认识的一个朋友在那里灌篮，我就跟Kimbler说我要去拍，他说你要不要试试一个很疯狂的角度？我一听就来劲了。然后他就教我从下往上拍队员跳起来灌篮的镜头——我要和队员以相同的速度往后退，然后倒地仰拍。第一次完全失败，我怎么都跟不上球员的速度。第二次还是失败，他差点踩在我摄像机上。最后一次我决定就在篮筐下守株待兔，拍到了非常完美的画面，不过代价就是他摔在我身上。

还好他是我朋友，不然肯定很尴尬。

4.30

感觉今天我在传媒课的教室待了一整天，做昨天冠军赛新闻报道的后期剪辑。

其他的课我都是很快完成课堂练习，然后向老师请假早退。

把拍到的两小时素材剪辑到了3分钟。

我真觉得自己超级伟大。Mr.Reed很认真地看完我的作品，虽然指出了不少拍摄角度的问题，但看完以后还是说非常喜欢。

我问Mr.Reed，我是不是很擅长录像，他说我所有的作品都很好。

后来在走廊里碰到了Kimbler，他说本来他今天就想看我的作品的，但想想还是等明天直接看学校的电视节目，期待一份惊喜再说。

说实话，我自己也很期待明天，除了要播报我做的冠军赛，还有数学考试来着。

5.1

劳动节快乐。国内的同学们放假了。

感觉超级好，想着即使我在这里没有放假还有考试，但是生活依然那么轻松。拿了个96分的历史考试成绩到处炫耀，数学考试更不用说了。

虽然 Kimbler 今天没有在学校出现，但大家看完电视台的节目见到我后都在问，那个仰拍的镜头到底是怎么弄的？摄像机是不是真的摔坏啦？因为我把灌篮镜头放在了片尾，最后还用雪花屏结束，别人都以为是摄像机坏了。

看样子，有点创意就会引起轰动。

5.21

学校快放假了，要跟老师说再见了。

第五节课是我的教师助理时间，就在同学们做卷子的时候，我开始一个一个教室地找老师，送礼物，和他们告别。

我忽然发现我的老师们真的都很喜欢我，特别是 Mr.Reed。在最后我要走的时候，在给他拥抱告别的时候，我意外地感觉我们两个都要哭了的样子。

我永远不会忘记 Mr.Reed 的笑容。除此之外，还有他说的他喜欢看到我的笑容。

家庭素描

Family Sketch

从没有想过，在美国我会遇见一个四世同堂的大家庭。我们在一起，有意外，有惊喜，有默契，有争执……当欢笑和泪水融合之后我才明白，为什么现在我会如此地想念他们。

Never thought I would be
living with a four-generation family in America.
Together we had accidents, surprises, understanding, argument...
When tears were mixed with laughter,
now I realize why I miss them so much till this day.

美国的新家

8.6

在国内通过 E-mail 和住家联系后，得知妈妈 Nicole 心灵手巧、爱做纸工，经常帮别人做喜庆婚宴的装饰，而爸爸 Joe 有一个自己的乐队（这绝对就是我的梦想啊），所以对这个家庭非常期待。

当然，上面说的都是他们的业余爱好，他们的正职都是在当地的

我家的前院。后面白色的房子就是我家，Bailey 站在大树下。

第一眼见到我的房间，感觉那张床无比巨大。我的行李箱放在地上，尚未打开。

一家州立医院里工作。

我原定到达印第安纳首府 Indianapolis 的航班时间是晚上 10 点半，但因为误机，让在机场迎接我的爸爸妈妈和小弟弟 Orion 多等了 1 个半小时。再驱车两个小时到达印第安纳州北部小镇 Logansport 的时候，已经是凌晨两点多了。

到家第一眼看到的东西，就是院子里进门的地方拉着的一条简易横幅，是妈妈亲手制作的，上面写着“Welcome Home Wind”，顿时感觉非常温馨。

他们为我准备了一个单独的房间，有一张巨大的床，绝对比宾馆里 king size 的床还要大，床的对面挂着一个电视机。另外还有一张很大的书桌，上面放着一个精致的小竹篮，里面放着糖果、巧克力、护肤乳液之类的小礼物。还有一个衣橱和放杂物的小隔间。

家里一共 3 间卧房，Nicole 和 Joe 一间，弟弟 Orion 一间，我一间，另外就是客厅、厨房和一个浴室。前院种着大树，有一个篮球架；后院连着大片的田野，有我们自家的仓库和一块菜地，还有两个简易足球球门。

地下室是绝对让人感到兴奋的。妈妈手工制作的纸花、绢花全放在这里，有缠满花朵的拱门，有放在桌上点缀的小盆花，也有很大的花篮，布置的时候要放在很高的架子上。不是我说，这些花从远处看，绝对是以假乱真的。我觉得 Nicole 真的很伟大，她的这些作品如果拿出去卖，一定会赚翻。

吸引我的另一大亮点，是 Joe 他们乐队的全套设备——电吉他、电贝司、架子鼓、音响设备等等。Joe 他们已经出了一张专辑，摇滚风的，正合我的口胃。

弟弟 Orion 是个超级调皮的人，喜欢宠物小精灵卡，喜欢欺侮狗狗 Jack，喜欢足球，喜欢吃方便面，喜欢跳上床然后利用惯性做劈雳舞旋转，喜欢说唱……完全推翻了之前照片上给我留下的斯文印象，没有一刻安宁。

两条狗狗 Jack 和 Bailey，昨天晚上第一次见到我时，一直不停地狂叫，然后我变身为狗狗的形态趴在地上，它们立刻就不作声了。也许就是从这个时候开始，它们认可我为它们的同类了。

啊对了，今天 Nicole 的姐姐 Shelley 来了，还带着她的两个女儿 Sachi（12 岁）和 Abbi（5 岁）。她们貌似是来搬东西的。Sachi 很懂事，举止十分优雅。5 岁的 Abbi 鼻子上破了，但仍然非常可爱。她们似乎很喜欢我的样子，一直跟在我的后面和我说话。

Sachi 和 Abbi 都是在日本出生的，因为她们的爸爸 Kim 有一半的日本血统。Abbi 8 个月大的时候，他们一家四口来到美国生活。

Orion的闹剧

8.19

就在刚才，和 Orion 一起洗了碗，手上还残留着洗洁精的气味。我们家洗碗是一个人洗，一人帮着冲干净，不用擦干。我和 Orion 吵吵闹闹地洗着碗，可谁会想到就在这之前一小会儿，他大哭了一场还流鼻血了呢。

事情是这样的：开始的时候 Orion 在练他的钢琴，忽然问：“现在几点了？”还没等别人回答，他就哭了起来。原来他说今天晚上有 Open House，就是家长接待日，用我们的话说就是要开家长会啦。然后，他跑到自己房间去翻书包找那张通知，结果就听他哭得更厉害了，原来是他带错了文件夹（我们这里东西全部都是放在文件夹里的，作业也好，学校通知也好）。妈妈就说，她记得应该是明天才是家长接待日呀，可是 Orion 坚持说老师说的就是今天，然后越哭越大声，不知怎么搞的还流了鼻血。我估计他是急火攻心了。

最终妈妈没办法了，只好上学校的网站再去查看，Orion 他们年级的接待日是星期三——明天。还查到了我的接待日是在下个星期。

然后，Orion 就没事人一样了。

哪里的小孩都一样，一会儿哭一会儿笑的。

Bailey的眼神

8.24

早上我在吃饭的时候，Bailey 就一直乖乖地坐在我边上用很可怜的眼神乞求食物。它一直摇着尾巴，我看它的时候它会摇得更欢。但是我吃的面包上已经涂满了黄油，没有办法分给它，我只能说“no bailey, no food for you, why you're sitting here, why you're looking at me”这一类的话。但它还是很乖地坐在我身边，看着我，看着我的食物。

最后我吃完了所有的东西，它看着我还是在摇着尾巴，即使没有吃到东西。

我就想啊，如果是一个小孩子，如果是 Orion，他要是想吃什么东西的话，一定会大吵大闹，最后把大人闹烦了，就能得到点什么，如果最终还是什么都得不到，那么一定会生一整天的气。而狗狗这种连话都不会说的小动物，无论你对它做什么，无论你是不让它做一切它喜欢做的事，还是让它做一切它不喜欢做的事，它都不会闹，总是乖乖地听你的话，然后还是会和你一起玩。

这个真是让人感慨啊。

四世同堂大聚会

9.1

一大早起来，就看到妈妈在打印什么东西，仔细一看，是“88 in '08 happy birthday grandpa”的彩色横幅，就和当初欢迎我的横幅一样。

原来，今天是 Joe 的外公 88 岁生日，所有的亲戚都要聚到我们家来为他开一个 party。

我当时就觉得，这横幅打印出来之后的工作一定是我的了。看我跃跃欲试的样子，妈妈把穿横幅的红色毛线交到了我手里。我要做的是先裁切，因为有的字母是两个打在一张纸上的，所以先要对半切开，然后在左右两边角上打洞，最后把它们穿起来。穿线这道工序看上去最简单，但却是最繁琐的，因为不知道需要多长的线，不是在穿了很多之后线不够长要把纸头都往后挪，就是穿完之后发现绳子太长要往前挪，而且因为用的是毛线，在小洞里穿，就很容易把纸弄破，要非常小心地一张一张地穿。

完成这个工作之后，我开始帮着整理我们家巨大的后院。我负责把树枝捡起来堆到一边，Joe 做的是清理狗狗们平日留下的便便。后来，寻找狗狗便便这个艰巨的任务就交到了我手里。不知道为什么我好像天生就是便便搜寻器一样，找到了好多好多，大大小小各式各样的。这一段比较恶心啊。

外婆和外公他们很早就来了，带来了很多桌子、椅子、遮阳伞和食物。不是我说，外婆烧的东西就是好吃。还把大大的一只西瓜做成了篮子的样子，上面一半基本全部切掉了，只拦腰留下几厘米宽的一条绿色的皮，看上去就像篮子的拎把。果肉全部挖出来切成块，然后再装在瓜篮里，实在是赏心悦目。

我帮忙在后院里安装

遮阳伞，再摆放折叠椅、铺桌布、切蔬菜，等等。

还有好多我做的事情都已经记不清楚了，比如冲洗巨大的玻璃容器，然后把柠檬汁什么的灌进去，装水，陪外婆去商场买礼物，回家的路上顺便买了5个气球。插一句，这里的气球贵得要命，5毛钱一个，当然是美金，想想如果在上海城隍庙，几块钱可以买好几十个气球回来自己吹了。不过在这里，商店都会给气球充氢气。之后回家，我就搜寻绑气球的地方，等亲戚们来了之后，我再带领小朋友们玩，其实就是和他们一起玩蹦床、吃东西，还有给老寿星送礼物。我送给太外公的礼物，是从上海带去的剪纸。中间一个大大的“福”字，周边是99个各种字体的小“福”字。这份礼物让所有人都赞不绝口。

我送给Joe的外公一幅中国剪纸，上面大大小小共有100个福字。

今天来的客人，让我见识了美国的大家庭。有Joe的爸爸妈妈和姐姐一家，也有Nicole的兄弟姐妹，还有外婆的弟弟及其儿女和外孙，老老少少大概有近20人。原本以为在美国一般都是小家庭，没想到七大姑八大姨地出现了这么多有血缘关系的人，比我们国内过年时亲戚聚会还要热闹。

本来我们不让Jack到院子里的，怕它乱跑也怕它惹麻烦，之后觉得它独自关在家里看着门外人来人往，实在可怜，就把它牵到比较远的地方拴了起来。整个party期间，它都在远处跑来跑去，有时候看着我们，那种呆呆的期待的眼神，真是难以描述。它就独自在那里玩，不吵也不闹，和平时的Jack完全不一样。

之后，Kim姨父说Jack看上去很渴的样子，那是当然的，一条小狗在大太阳下面东奔西跑了几个小时能不渴么？本来Kim是叫Abbi拿水去给Jack喝的，可Abbi立马叫了声：“Come on，Wind.”然后，在所有人同情眼神的注视下，我拿着水桶朝Jack走去。

Jack看到水，就像看到什么一样，喝得那叫欢啊。

88岁的老寿星和家族中的晚辈们

晚上8点，客人们都走了。虽然来了这么多人，可我们准备的食物太丰盛了，还是剩下了好多。Joe戏称说，明天的早餐是鸡腿。

9点多的时候，Joe把他外公送回去了。让我惊奇的是，88岁的老人是独自一个人居住的。只不过Joe和Nicole经常会去帮他倒垃圾、整理房间什么的。

九·一一

9.11

今天对于美国人来说应该是一个非常特别的日子。但好像这只是我的想法而已，事实上，却是非常平淡的。

只是在上第一节课之前，有个3分钟的广播，然后在历史课上，老师让我们看了一部和9·11有关片子，别的就什么都没有了。

对我们家来说，今天也应该是个特别的日子，因为今天是Joe的生日。一大早，Joe陪妈妈去了Indianapolis的医院作减肥手术后的复查，光路上来回就要三四个小时。他们下午回来时，买了好多冷冻的鸡翅，我估计大约有 100 个之多，有 4 种口味。

后来妈妈说要先去躺一会，让我们晚饭时叫她。可现在都已经过了 9 点了，她还处于昏睡状态，谁都不忍心叫醒她。我想，她可能会这样一直睡到明天早上了吧。

Joe 的生日，没有蛋糕，没有生日歌，没有礼物，似乎这不是一个生日。现在，他一个人在客厅里看着电视。在我的概念里，像他这个年纪，至少会有些朋友聚会什么的吧，可他就这样安安静静地度过了自己的 28 岁生日，也许是担心 Nicole 会突然不舒服吧。

中秋节的意外

9.14

今天是中秋节来着，同时也是 Bailey 的生日，它现在正躺在我的大床上，床上的被单什么都换了，这全得“感谢”Jack。

晚上我和 Orion 洗好碗回到房间的时候，一股异味扑鼻而来，Orion 立马说谁在里面便便了。刹那间，我的胃排山倒海啊，就看着 Orion 起劲地在我房间里搜寻痕迹。

桌子、椅子、地板，所有的地方都找了个遍，可都没发现什么。就在 Orion 开始失望的时候，突然他两眼放出金光，指着我的床说：“Jack 在你床上便便了。”

这是有史以来我见过的 Jack 便便中容量最多的一次，我的床很幸运地成了草地，接受了这个荣誉。可是我怎么也承受不住这个打击，冲出房间垂头丧气地坐在客厅里没有想法起来。听着 Orion 和 Joe 在讨论谁去处理那堆东西的时候，我忽然想到那被子是会吸收便便里的液体的，我今天晚上是不是就在沙发上睡呢。

最后 Orion 被逼着处理了便便，Joe 和我一起换了床上用品。

后来我出去让 Jack 对我道歉，它还对我龇牙咧嘴。想当年是谁在烟雨蒙蒙的时候四处搜寻你身影来着 ?!

真的是 OTZ 了。

和Joe的缘分

9.17

我终于知道了，原来刚开始 Joe 是不想接待交流生的。

故事是这样的：

Nicole 得知可以接待交流生，就问 Joe 说："你想不想接待外国学生？" Joe 毅然决然地说了"No"。然后 Nicole 就说好吧。

然后过了不久，我的材料来了，Nicole 看了我的信息之后，把邮件转发给了 Joe。过了一会，Joe 打电话给 Nicole 说："那些材料一定是你写的。"

Nicole 非常茫然，说没有啊，但 Joe 还是坚持他的想法。

反正我现在是非常能想象当时他们两个的样子和对话，Joe 就是这样一个人。

等到那天吃晚饭的时候，Joe 对 Nicole 说："接待国际交流生似乎是个好主意。"

而从我这边来说，一开始 YFU 给我安排的接待家庭也不是 Joe 和 Nicole 他们家。最初说好接待我的是印第安纳州南部的一个 5 口之家，爸爸是我将要去上学的那个中学的校长，妈妈也是教育工作者，家里还有 3 个弟弟，他们加在一起的年龄才 11 岁。就在我调整心态，做好去这家当大姐姐的心理准备的时候，忽然 YFU 来通知说，因为住家的原因他们不打算接待交流生了。然后又等了好久，才接到了第二份住家信息。当时只知道父亲是采购员，母亲是护士，还有一个 9 岁的弟弟。其他的信息是我自己给住家打了电话后才知道的：爸爸有自己的乐队，妈妈给别人做婚庆的布置，弟弟在学钢琴和架子鼓，家里还有两条狗。

这样的家庭一下子就吸引了我，特别是爸爸有乐队这件事，因为这也是我的梦想啊。

到了美国之后，我更惊讶地发现，我和 Joe 真的可以说是有缘——在他的左手腕上，纹着一个繁写的"风"字，而我常用的网络空间昵称就是繁写的"风"字，所以我会用"Wind"做我的英文名。

Joe 告诉我，那个中国字是他 19 岁的时候纹上去的，做梦都没有想到，若干年后真的会有一个叫“风”的中国女孩来到美国，成为他的“女儿”。

Orion的9岁生日

9.27

离 Orion 的 9 岁生日还有 3 天，但因为今天是星期六，所以外公外婆和 Shelley 姨妈家的人都出现了，一起来给 Orion 庆生。

比想象中要过得开心，大概因为 party 是在新开出来的溜冰场举行的。一大家子人风风火火开车到了那里，让小孩子们去溜冰。因为地板和鞋子都是崭新的，光滑到没有一点阻碍，所以在玩的时候，就能更加随心所欲。

比较幽默的是那家的鞋子，非常奇特。刚开始我拿了 6 号，后来发现太大，换了 5 号，可是依然大，就又拿了 4 号。其实仍然感觉这个尺寸不是特别合我的脚，搞得我甚至都想去拿 3 号的了，可忽然发现，Sachi 穿的也是 3 号鞋，我就想啊，要是我也穿 3 号的是不是太夸张了一点？

回到家我们开始吃外婆做的蛋糕。外婆设计蛋糕向来都是充满了创意，我原本以为 Orion 的生日蛋糕会是一片足球赛场或者是和足球有关系的设计，可打开一看，原来是两只旱冰鞋，一只是粘粘的花生味的 rice crispy treats（看上去像沙琪玛，不过味道完全不同），另一只是由一个一个小蛋糕拼起来的组合，有草莓、巧克力、橘子、哈密瓜等好多种味道。

Orion 收到了一大堆生日礼物，有小狗玩具、宠物小精灵卡、遥控赛车、Wii 的摇杆、游戏机卡、板鞋，还收到了 12 元现金。不过，好像钱才是他最喜欢的礼物。

最夸张的是他一共收获了 6 条裤子。然后，他就俨然成为了一个模特儿，把 6 条裤子穿了个遍，其实是妈妈要检查是不是太大而已。

我们其他人就和外公外婆坐在后院里，还有狗狗们，吃着东西悠闲地享受着夏天傍晚舒适的气候，一点点阳光，一阵阵和风。

Orion偷着哭了

9.29

下午陪 Orion 学完琴之后，Joe 带着我们一起去超市买东西。Orion 在付钱的时候又尝试着选购一些糖果，被 Joe 义正辞严地拒绝了。Orion 央求说这些糖他会用自己的零用钱买，但 Joe 还是拒绝了。因为明天是 Orion 生日的准日子，Joe 和妈妈已经同意买 pizza 让他带到学校和同学一起吃，而且已经给他买了他想要的薯片和饮料。但是因为我自己带了钱买了口香糖，Joe 也没有说什么，所以使得 Orion 非常委曲。在回家的路上，他似乎扭过头偷偷地哭了。

孩子要过生日了，大人却依然坚持原则地不对他网开一面。看着 Orion 偷偷伤心的样子，我还是深深地感慨了一下。

不过，小孩子就是小孩子，Orion 一会儿就完全没事了，又开始和 Joe 打打闹闹起来。

冬天的脚步

9.30

现在的气温一下子就降下去了，俗称骤降。今天一不小心忘记天已经冷了，只穿着一件短袖就带着狗狗们出去遛达，在 60 华氏度（15.5 摄氏度）的天气里，这就不是一件很美妙的事情了。

明天只有 50 多华氏度，妈妈说马上就会是冬天的感觉了，32 华氏度是很正常的，也就是 0 摄氏度。不久就会有雪降下来。

要添一些衣服了。

10.1

今天是国庆节啊，国内应该正好是秋高气爽的时候吧，然后大家去什么地方郊游，放风筝什么的。可这里天气阴沉沉的，温度又降到了 6 摄氏度，感觉快要把人冻死了。

Joe 又陪妈妈去 Indianapolis 的医院了，妈妈晚上还要住在那儿。但没有什么问题，一切都很好，就是上次留置在手臂上的针头时间长了，似乎是去换了。

我发烧了

10.3

今天一整天都昏昏沉沉的，主要原因是出在昨天。

因为妈妈住院，Joe 要陪夜，所以阿姨和 Sachi 出现在了我们家，还带着她们的狗狗 Skip。这下子热闹了，三只狗不停地打斗，Orion 和 Sachi 一直扑在宠物小精灵卡里玩。

吃饭的时候，四个人只有一个很小的 pizza。然后 Orion 非常没有分享精神，一个人吃掉了一半，让我们三个都非常生气。

这个是题外话了。

之后是睡觉，原本是 Orion，Sachi，Jack 和 Skip 一起睡的，但是两只狗要打架，所以 Jack 就到我这里来了。来不要紧啊，可原来已经有一只 Bailey 了，两条狗在我床上一躺，就动都不动了。我想让它们挪动下位置，可它们都像粘住一样，推都推不动，还压住我的被子，害得我怎么钻都钻不进去。

然后我只能斜着躺在床边上，被子也只能盖一点点，枕头也枕得非常不舒服。4 点多的时候，Skip 忽然叫了，我被吵醒以后，就再也睡不着了。

好吧，所以今天我喉咙就开始疼了，脖子像断掉一样。

下午 Joe 回来带我们去超市买东西。付完钱 Orion 又说要买小精灵卡，Joe 就让我在门口等他们。不知怎么搞的，他们去了很久都没出来，让我在寒风中站了很久，似乎身体状况更差了。

10.4

没有悬念地，我发烧了。

今天早上，Orion 出现在我房间，问我是不是感觉好一点了，然后就找了一个体温计让我量，量出来 100.8 华氏度（超过了 38 摄氏度），然后他冲出去对 Joe 说 “one hundred and eight”，只听 Joe 用毅然决然的声音说：“不可能，再测一次。”体温计再次鸣叫后，Orion 又冲出去说 “one hundred and nine”，基本上当时 Joe 是晕过去了，然后自己冲进来看体温计。

所以我一整天都无力地躺在床上。外婆和外公带着 Abbi 来了，我终于发现这个小孩的可爱之处了。

其实 Abbi 平日里除了老是缠着我，让我做这做那之外，别的都

可爱的 Abbi

很可爱。知道我发烧了，她就显得异常地懂事，一直陪在我的床边，过一会会儿就问我一遍是不是好点了，还说不希望我生病什么的。

下午一直昏昏沉沉的，不停地睡过去又醒过来。捂着自己想让自己出出汗，可是一直就不如我所愿。

晚上外婆特意为我做了鸡汤面，吃下一碗热腾腾的汤面之后，终于出了很多的汗，人也舒服了不少。

家里所有的人都很体贴我，一直在问我需要什么。狗狗们也特别乖，不管是 Jack 还是外婆家的 Rosa，Bailey 就不说了，反正它一直很懒，不会有什么动静。我抱 Jack 或者做以前会让 Jack 狂吠的动作，今天它都是任我摆弄，Rosa 以前从来不会主动跳到我身上，今天居然也跑到我这里来让我抱着。

因为明天 Joe 要上班，Nicole 还在医院，所以外婆为了让我安心休息，就把 Orion 带走了。家里人所有的这些体贴，真的让我很感动。原本外婆问我要不要一起去，虽然我很喜欢外婆家，最后我还是决定不去。至少一个人在家更放松些，要是和 Orion 在一起，一定会被吵死的。

去医院探望妈妈

10.6

今天下课后，我们去 Indianapolis 的医院看妈妈了，来回 4 个小时的车程。

这是我第一次走进美国的医院，感触颇多。

刚到的时候，看到一幢棕色的大楼，当时因为知道这是一家医院，所以没有特别的感想，可是一进去就不对了：小型的水池、放着鲜花的接待柜台、礼品商店，根本看不到穿白大褂的医生和护士。我就傻了，心想：这不是典型的宾馆大堂吗？

电梯门一打开，我就更吓了一跳：这个电梯内部金灿灿的，空间无比巨大，按钮也非常别致。

到了二楼，也就是妈妈住的那层，神啊，这个简直就是差距了！虽说美国小镇的人比较少，但医院也不能搞得那样啊。

过道上铺着地毯，墙上挂着别致的画，非常安静。病房都是一人一间，在我看来，根本就是带客厅的套房。

忽然间我意识到，这里最让我误以为是宾馆的原因，主要是根本闻不到酒精啊消毒药水之类的医院味道，空气里弥漫着的完全就是甜甜的好闻的巧克力味。

走了挺长一段路，到了220房间——妈妈的病房。

房间里的设施这个就先进了。点滴架的外观还是我所熟悉的，但不同的是它被连接在一个仪器上，可以控制点滴的速度，如果出现什么异常或药水滴完了，它都能自动发出声音通知护士。病床也是机械化的，升高下降，什么坐姿躺姿，只要你按下按钮，就能轻松解决。床垫是充气的，每一次变换动作，都会自动充气让躺着的人更为舒适。床的对面还有一面玻璃，是用来记事的，比如星期几，今日值班的护士姓名等等。

墙壁上挂着个液晶彩电，还不是小型的，至少是三十多寸，甚至还能用来上网玩游戏，可以随意选择想去的网站。遥控器连接在床上，音响也在遥控器上，主要是让病人能在音量小的时候也听清电视的声音。电视下面是一个橱，有好多抽屉能放替换的衣物。还有免费的电话，可以打外线。房间里的卫生间灯光照明特别好，墙壁和地板都是铺的瓷砖，卫浴设施包括卫生纸、洗手液一应俱全，冷水热水方便获取。

来打扫房间的也不是想象中的阿姨，而是年轻的小伙子，并且态度极好。护士倒是很多看上去上了点年纪的，但还是很幽默，对病人很负责。

最关键的是医院的饭菜。根本不需要自己去打饭，一人一份，送来时绝对保温，还有水果和一盒牛奶。食物主要是什么我没有看到，可是闻上去的味道，我基本上处于天天都想吃的状态了。

仓库换冬衣

10.13

我们家还真是忙，昨天刚洗完鱼缸，今天又要刷墙了。

外公外婆今天下午过来说，明后天就要下雨了，所以赶紧要把安排的事情做掉。他们指的这个事情，就是给后院的仓库刷上过冬的颜色——红色。我想，也许是因为这里的冬天都会下很大的雪，如果不刷成醒目的颜色，大概到时候就找不到仓库在哪儿了吧。其实他们早就打算要给仓库换个颜色罢了。

放学回家，看见妈妈在后院搅拌涂料，我非常熟悉的刷墙工具放在桌上，便立刻感觉欢快起来。

这个刷仓库可不是刷房间，又高，面积又大。我就拿着加长型的滚筒，刷着最高的地方，其实我也刷不到顶棚的最上面，只能刷到下面的一半，最上面必须要站在梯子上才能够得着。刷了一面之后，我的手臂就酸得抬不起来了，然后就放弃顶棚去刷墙面了。

我和外婆准备刷仓库

除了外公，别的人都参与了这个劳动。四面墙里，我刷的那一面是最完美无缺的，没有露出原先白色的地方，也没有过多的涂料。

最不负责任的当然是Orion，刷着刷着就跑去踢足球了，并且身上最脏的就是他，头发上，身上，裤子上，脚上，全是暗红色的涂料。

动静最大的是Joe，刷完一面墙之后就嚷嚷说要休息休息。

我就属于一声不吭埋头苦干的粉刷大师，自我表扬就不多说了。

南瓜季节

10.19

万圣节快到了，似乎南瓜就成了当红的明星，受到万人追捧。

下午两点，学校有一个fall festival的party，我参加了刻南瓜灯比赛。就是先把南瓜籽挖出来，然后再用刀在南瓜上刻出眼睛、鼻子、嘴巴，镂空后做出脸和不同的表情出来。

Joe、外公、我、Abbi和Orion（右起）坐在拖拉机上一起去采购南瓜。

这种考验想象力的活儿是最对我胃口的，即使是第一次玩，我还是一不小心拿了个高中组的第三名。

4 点多的时候，我和妈妈、Orion、Joe，还有外公、外婆、阿姨、Sachi 和 Abbi 一起，去了一个原本说是可以摘南瓜的地方，最后发现那其实是一个南瓜选购市场。

和我们这里元宵节要做兔子灯一样，南瓜灯是万圣节必不可少的饰物，所以基本上每家每户都要采购大量的南瓜。

我在那里体验到了很多有趣的东西。

先是大家坐在轮子比半个人还高、座位都是用稻草做成的大型拖拉机上，被拉出去逛了一大圈。时值金秋落叶季节，郊外的田园风光真是美不胜收。大片的绿色草地上，覆盖着一层金黄色而非枯了的落叶，间或还有那种火红色的落叶，美到让我有想用脏话来强调语气的冲动。

逛了一圈之后，我们四个小孩就跑到了玉米田里。这是一个玉米田迷宫，小孩子们一头扎进去就四处乱跑，当然我也就跟着他们乱跑。那些玉米秸比我高多了，头顶上是碧蓝碧蓝的天空，我忽然有一种感觉，仿佛进入了小说中的场景——身穿白色连衣裙的女孩，奔跑在蓝天白云下金黄色的麦浪里，被迎面扑来的暖风拂乱了长发……

最后，我看到了驴，比我想象中要干净很多，而且也很可爱。我们偷偷地掰了好多玉米棒子喂它们，Orion 还被驴子舔了一口。

男孩子的聚会

10.20

晚上的时候，我和 Joe 先陪 Orion 去学琴，之后到了他的学校去参加一个男孩子的聚会。

小孩子就是小孩子。（我怎么觉得最近我老在说这句话呢。）

偷懒不练琴，到老师那儿反馈的时候弹得一塌糊涂，听得我只想抽人，还好妈妈没有陪着去，不然一顿训话是少不了的。

那个男孩聚会，其实就是几个男孩子组织起来定期搞搞活动，玩玩游戏，学习学习常识什么的。

今天他们学的居然是急救，就是当有人被食物呛住或快要窒息时，如何用人工呼吸等手段进行抢救。一位来自红十字会的志愿者为他们进行讲解和示范。

作为一个旁观者，我该怎么说呢，八九岁的小孩子怎么能学得进这种东西呢？所有的小孩其实都是在玩而已，他们互相“抢救”的所有手法在我看来，完全就是想把对方给弄（读音：n è ng）死。

Joe 在一边也完全没有想法，因为他本身就是这方面的专家，所以，在那个红十字志愿者的问题还没有讲完的时候，他就可以马上说出答案。但是他作为家长，在一边又不能说，只能假装打着哈欠含糊地提示着 Orion。

就在男孩子们互相弄（n è ng）死对方的两个小时里，我就和 Joe 在那里聊天。忽然发现，我的语言交流基本上没有什么障碍了。

住在外婆家

10.23

3 点多的时候，外婆来接我和 Orion 住到她家去。

外婆家真的是一个很温馨的地方，要是一个交流生是由外婆接待的，那么他这一年一定会过得非常充实并且开心。

屋子虽说不大，但被外婆打理得干干净净的。墙上挂着镜子，镜子边上还会用假花点缀一下。桌子上放着很多照片，还有蜡烛花朵之类的饰品。即使是很少住人的房间，柜子上也是一尘不染，天花板上还挂着千纸鹤。墙壁地毯都显得异常干净，厨房和浴室也都是香香的。我都不好意思踩在地板上了。

外婆亲手做了爆米花，用自己调制的糖浆、盐、黄油还有发泡粉，奶香和甜味真的都是恰到好处。

外公绝对是一个超级好玩的人，他不仅知识广博，而且绝对是童心未泯，今天就要了我两次，用那种愚人节的道具吓唬我。吓完之后又说，因为我是万圣节的孩子[注]，所以一定不会被吓倒的。

晚饭后，我陪 Abbi 玩了一个类似于大富翁的游戏。原本是 Orion 陪她玩的，可一会儿他就不开心跑人了，所以我只能充当世纪烂好人兼保姆的角色了。

这个可真的是浪费我的智商啊，不费吹灰之力就可以买到很多土地，骗到小孩子很多的钱。可是小孩子魔高一丈，因为他们会耍赖，并且会动手脚，一直假装跳过我的土地，或者把骰子摆成她希望走的步数然后假装是她掷出来的。

我也不好说什么。小孩子嘛。

最后结束是因为小孩子想睡觉了。

所以我现在躺在一个异常干净温馨的房间里的床上写着日记，这是外婆为我准备的我的房间。墙上有她两个女儿 Shelley 和 Nicole 的结婚照，还有 Sachi，Abbi 和 Orion 小时候的照片。都是很久以前的照片了，所以显得有些搞笑。

一切的感觉都是出乎意料的，房间里有很多镜子。忽然发现，原来对外婆家的好印象就是来自于镜子，每面镜子上一点点手印，一点点灰尘都没有。

就是干净到这个样子。

和Orion吵架

10.26

一大早我就和 Orion 吵了两架。

他问我说 50 是离 1 近还是离 100 近，显然，50 更靠近 1。我告诉了他我的答案，他先嘲笑了我一下，然后说他们老师说，只要是 5 开头的数字都是离 100 近。

我对他说，他老师说错了，50 就不是。然后问他想不想知道原因，

[注] 因为我的生日是 10 月 30 日，正好是万圣节前夜。

他说想。然后我就找了很大一张白纸，从 1 写到了 100，我说 1 到 50 之间有 48 个数，当然是在他面前一个一个数的，可他偏偏坚持说："不对，是 49 个。"不管我用什么方法来证明，他好像就是不承认这个事实，还装老成地叹着气摇着头。

我当时就抓狂了，我真想跑到他老师面前问："你是怎么教小孩子的 ?!"

话说以前我一直认为，美国的小孩是最善于对老师提出质疑的，可是我在 Orion 身上完全没有看到这一点，他的老师被他说得就像是神一样，完全不可以侵犯的样子。

我心里就在说，你就一辈子当 50 离 100 近好了。

真是气死我了，看不到真相的小孩。

然后一次是为了食物。

昨天我们在外婆家做了很多各种形状的小面饼，今天拿出来当点心吃。我非常舍不得吃我最得意的两件作品——爱心和星星，我就专门吃我做的南瓜。Orion 也做了不少南瓜，还做了一个巨大的小人。

我看着塑料盒里的东西，心想不要吃太多，也许 Orion 会不开心，我也不要去吃他的小人，也许他想要留着。

可是谁知道在他吃的时候，一开始就拿了我唯一的爱心。

我说我很喜欢那个爱心，希望他可以不要吃我做的东西，选吃南瓜或者别的什么。

然后他就一副很无奈不满的样子，到厨房去换。

谁知道他再度出现的时候，居然把我的星星放在了嘴巴里面。

我当时就说为什么你总是要吃我做的东西，而不吃你自己做的。他居然说他舍不得。

我说那你也可以吃南瓜什么的啊，他没回答，就在那里"啊、啊"地叫。

我在拿的时候就会思前想后的，可小孩子基本上就是自己想怎么样就怎么样，我就差没有说"你有很多机会可以做这些吃的，我是第一次做，当然想要慢慢品尝我自己的成果，你这小孩怎么这样"之类的话了。

他总是动不动就来问我要巧克力和口香糖吃，那些都是我用自己的钱买的，我和他说不行，他就一副非常不满的样子，好像我给他吃是天经地义的。

这里吃的东西又不是很便宜，我不给他吃才是正常的。

很多时候他穿着穿了一天的脏袜子就跳到我的床上，有时候吃完东西不洗手或者玩着嘴里的泡泡糖就用我的电脑，有时候随便拿我的东西玩，我都不好意思说不，因为他做的次数太多了，要是我说不的话，那简直就是要说一整天了，这样小孩子还会对我有好印象吗？之后他就肯定会跑到大人那里去抱怨，最终我就会被送出家门。我当然不想这样的事情发生，我就只好给他吃给他玩，然后用酒精擦我的键盘，把被子床单拿出去晒。

我容易么我。

最后。

我们这里刮大风了，这个风大到你站在那里感觉已经站不稳的程度了。

据说今天晚上会下雪，如果真的下了，那么就是多少多少年来最早的一次。

这个不是重点，因为过两天家里要为我举办生日 party，所以不得不清理后院和仓库，腾出地方来放暖气什么的。

所以今天几乎一个下午，我们在猛烈的寒风中，打扫了后院。

基本上在别人看来，就是这家人脑子有毛病了。

我们把仓库里的东西全都搬到了另外一个仓库，Joe 在大风里开着小车割草，我在两个仓库间运送东西、寻找清理狗狗的便便、捡树枝。本来 Orion 也是有任务的，就是把属于他的球啊什么的玩具收集起来，可是他没拣两个就开始神游了，一会玩玩这个，一会玩玩那个，然后就跑到屋里不知道干什么去了。

所以他的活也是我干了。

我真的是从心里面没有话说了。

难忘的17岁生日

10.30

今天是我的生日。第一次不在自己父母身边过生日，第一次离开自己的家过生日，第一次见不到自己的朋友过生日。但是这话似乎又不完全准确，因为我是在我美国的家里，在美国的爸妈、家人和朋友身边，感受美国文化给我带来的迥然不同的庆生体验。

不是我说，我真的觉得能来到一个第一次接待交流生又特别热情的家庭，真是一件非常幸运的事情。

Nicole还住在医院里，但一大早我就吃到了Joe亲手做的french toast，就是面包外面裹上鸡蛋，烤熟，蘸上糖浆、鲜奶油和黄油吃。话说这个味道真不错。Joe还做了培根，虽说他做的培根完全不能和外婆做的比，但他的这份心意，还是让我体会到了家庭的温暖。

然后在学校的时候，化学课和数学课上，我的朋友居然大吼："今天是Wind的生日，大家一起为她唱生日快乐歌吧。"

做万圣节南瓜灯是我生日party的第一项内容（右三是我）

然后大家真的都一起唱了，包括那些没怎么说过话的人。这种待遇让我实在是太感动了，是之前16个生日中从未发生过的场景。

我生日 party 的室内布置

下午篮球训练结束后，那才叫真的惊喜。Joe 说因为是我的生日，所以让我选 birthday dinner 的地方。当然不用说，我选了 Subway。话说我是真心喜欢 Subway。

就在我选面包的时候，不小心一转头，似乎看见了两个我非常熟悉的人，感觉我在哪里见过她们。我看着她们大概有十几秒钟的时间，忽然意识到那原来是妈妈和外婆。这绝对是一个天大的惊喜，因为我完全没有想到她们会出现在这里。

妈妈的手臂好多了，人看上去也精神了不少。她能从医院回来，无疑是给我的最开心的生日礼物。

吃完饭我们一起回家。刚到家门口，就发现窗上挂上了很多紫红色的蝙蝠灯，在夜晚看起来，绝对有奇妙的气氛在里面。

之后 Orion 把他今天扮万圣节小鬼去讨来的糖果分了一半给我。

然后最大的惊喜来了。

我打开我房间的门，居然看到了新换的床上用品。

被子、床单、枕套、床罩等等，都是全新的。终于，我的床变成了黑白和粉红色。

被子软软的，非常蓬松；床单的手感也是毛绒绒的，摸上去很软很舒服。这个简直就是出乎我意料到了极点。

11.1

我的生日 party 放在了今天，因为今天是星期六。我邀请了十多位交流生和美国同学一起来我家玩。

延续着万圣节的气氛，我的生日 party 上大家还是各式万圣节的装扮，我扮成吸血鬼，Sara 和 Heather 打扮成小女巫，妈妈 Nicole 也穿着长裙、戴着面具，就连外公和 Joe 也加入了 costume 和面具的行列。

刚粉刷成红色的仓库里，现在是典型的万圣节布置，墙上窗上挂着蜘蛛网、蝙蝠和骷髅，桌上点着南瓜灯，桌布上也都是蛛网图案，就连吃的糖果也做成南瓜和骷髅等形状。

最显眼的是外婆为我做的生日蛋糕，全手工裱制，上面有我的中文名拼音，还有我最爱的可口可乐图案。为了这个蛋糕，外婆真是费尽了心思，很早就开始询问我对蛋糕式样和口味的喜好，加上她无以伦比的手艺，让我吃到了有生以来最 cool、最甜蜜的生日蛋糕。

在后院和朋友们一起吃了非常丰盛的自助餐之后，我们又在仓库里做了很多游戏。最后吃蛋糕的时候，我们熄了灯点上蜡烛，大家分别用各自的母语为我唱了 N 遍生日快乐歌，这种来自异国的情谊，不是单单用语言可以交汇的，但是这份感动和快乐，会永远留在相机和记忆中。

万圣节之夜

10.31

今天真的是拉风到了一定境界了，我装扮成了吸血鬼。

Orion 今年的装扮是木乃伊，是 Joe 的处女作。他把白色的床单剪成一条一条的，然后粘在 Orion 的衣服外面，而且最后居然把 Orion 的头都包起来了，只露着两只眼睛，看着还真像那么回事。Sachi 和

Abbi 的装扮是嬉皮士和豹女郎。

第一次过万圣节，而且还是在美国，感觉很新奇。和弟弟妹妹们混在一起，出去玩 trick or treat[注] 的把戏。

不过我估计我是年龄最大的一只吸血鬼，跑去敲门常常会看到别人“你都那么大了还来要什么糖吃”的表情。

到处可见呲牙咧嘴的南瓜脸、蝙蝠灯、骷髅和破烂的蜘蛛网等万圣节装饰，但气氛没有想象中的那么恐怖。之前大人们一直警告说，路边会有人窜出来吓唬你，或者人家给糖的时候会耍你，但我感觉就是你走到别人家门口，嚷嚷着 trick or treat，别人就会乖乖地把糖放到你的篮子里面。

其实我感到，所有的乐趣就在你从一家走到另一家的路上，看到别人的打扮，评论评论，看到别人布置的屋子，再评论评论，看谁最有创意。

不过，美国人吓人的招式真的吓不倒亚洲人。

据说有一家人每年都做 haunting house（鬼屋），非常成功，Orion 一路上就吵吵嚷嚷说想快点去那家。一到那鬼屋，小孩子们就被吓住

[注] trick or treat，是孩子们在万圣节挨家挨户要糖果等礼物时说的一句话，意为“不给糖吃就捣蛋”。一般他们都能得到糖果或零钱的款待。

了，因为一进门就是类似于尸体解剖之类的东西，血淋淋的，边上还有装扮得很恶心的人走来走去，Orion 就大喊着“我不想走了，不想走了”，Sachi 就直接哭出来了。这让我感到非常意外。然后妈妈就死死抓住 Orion 的手，逼他走。我只感觉这种血腥有点令人恶心，但完全谈不上恐怖。也许这就是看完美国的恐怖片绝对能安稳地去睡觉的原因，因为除了感官上的刺激，其实一点心理上的恐惧都没有。而非常喜欢看恐怖片的 Joe 似乎完全不能理解什么是真正的心理上的恐怖，他们看日本恐怖片就像看动画片一样，就好像我看他们的恐怖片就好像看枪战动作片一样。

Jack闯祸了

11.2

昨天实在太累，没来得及写一件很严重的事。

在我的生日 party 快要结束的时候，Jack 逃了出去。我先是听它一直在外面狂叫，后来妈妈让 Orion 去找 Jack。我因为有同学要照应，没有一起去，只是注意到 Orion 回来又把 Joe 叫了出去。

过了一会儿，他们牵着 Jack 回来进了屋子，妈妈也跟了进去，很久才出来。

Orion 出来后，情绪很低落地坐在后院的大树边，后来又走过来对我说：“能和你说说话吗？”感觉他的声音带着哭腔，我想是不是妈妈刚才责备他了，可是想想又没有什么道理啊。

我陪他在树旁边蹲下，才知道似乎是 Jack 杀了一只猫。刚才 Jack 是跑到隔壁邻居家的院子里去了，把它领回来的时候，它头上、身上都是血，但那都是被它咬死的猫的血。不知道那只猫是野猫还是邻居家养的，如果是家猫，那我们家就会有麻烦了。沉默了很久之后，Orion 说，他其实非常不喜欢 Jack，因为正是 Jack 咬死了 Orion 的猫。我们家原来是有只猫的，也是今年，早一点的时候，Jack 杀了它。

我真的不知道能说些什么，来安慰伤心着的 Orion 了。

帮外婆备考

11.9

外婆现在是小学老师的助教。像这样的职业，是需要上岗证的，所以外婆最近要参加几个考试，内容涉及阅读、写作、词汇和数学。

让外婆最为头疼的是数学。看她坐在那里纠结，没有办法，我这个“美国数学天才”只好出动了。

我一看那些题目就无语了。我还以为难到什么程度呢，原来就是分数的加减乘除、单位换算、解方程、在坐标上画点、找规律、求周长面积什么的。

对于美国的年轻人来说，这些题目看上去已经很恐怖了，对于老人来说，又要记公式，又要想办法求答案，就更麻烦了。

不过还好，他们家的交流生是我，能用非常准确的数学专用英语词汇清晰而又准确地教外婆，不然的话，外婆真的要打退堂鼓了。

我真的恨不得能代她去考试。

Spoon游戏

11.23

今天比想象中的要开心，一大早就去了外婆家。要过感恩节了嘛，所以采购是必要的。

话说家里人多其实也挺好，聚餐的时候，如果说一共有 6 道菜，3 家人家的话每家只需要准备两道就可以了。所以说，一到外婆家，妈妈们就开始准备菜单，爸爸们就坐着看橄榄球了，事不关己高高挂起的作风展现得淋漓尽致。

我们小孩子们，就关在房间里玩捉迷藏。

等大人们出去采购回来，我们开始玩一种叫作 Spoon 的游戏。

这个游戏等我回国以后，一定要和同学一起玩。它类似于我们小时候玩的抢椅子，只不过这里抢的是勺子。5 个人 4 把勺子，每个人手上拿 4 张牌，再不断地补牌扔牌，直到某个人集到 4 张一样大小的牌，就可以拿掉一把勺子，其他人也可以跟着抢勺子，最后没有抢到勺子的人算输。

虽然这个游戏看上去是速度类的，但是也充满了逻辑和心理学因素。首先要快速反应手上留什么牌、扔什么牌，其次当你拿到了 4 张一样的牌之后，最完美的是你在没有人意识到的情况下，悄悄地拿走一把勺子，然后若无其事地继续拿牌扔牌，直到第二个人发现，也悄悄地拿走一把勺子，如果此后发现的人都能迅速而又镇定地拿走勺子的话，那么最后一个人的表情一定会非常有趣，不然的话，则有可能引发一场战争。

最搞笑的一次，是 Orion 在前一秒刚抬起眼睛检查勺子，结果是没有少任何一把，可就在他收回目光看自己牌的这 1 秒里，外公拿到了 4 张一样的牌，所有人都悄悄地紧跟着拿走了勺子。就在勺子全部消失的瞬间，Orion 又抬起眼睛检查桌面，结果可想而知，他彻底茫然了，然后大家就迸发出了响亮的嘲笑声。

几分钟之后，Orion 还是没有想明白为什么勺子就那么没了。他那眼神无辜得让我简直都想欺骗他是外星人悄悄来过了。

感恩节

11.27

早上，姨父 Kim 过来接我们去过感恩节，外公他们还有一些亲戚都在那里。

似乎每年的感恩节家庭聚餐，我们家的小孩子们都要排演一个节目。今年他们准备的是一个电视节目模仿秀，就是把所有非常经典的电视剧、广告什么的串在一起。主演是 Sachi，Abbi 和 Orion，来凑热闹的还有外婆弟弟的外孙——3 岁的 Damien 和邻居家 6 岁的 Misty，而我则演那个看电视的人。

说实话，Sachi 真的是很会表演的一个小孩，整个过程都被她掌控得如鱼得水，非常搞笑，所有大人在看的时候，都感觉是在看真正的电视节目一样。

妈妈做了一个非常特别的食物，因为她说过不想一直拘于传统，偶尔也要有点创新精神。

她的创意新品是先把甜土豆打成泥，加入了一种调料让它们变成橘黄色,吃起来有橙子味道,上面再放满碎核桃。我在尝第一口的时候，还以为是蛋糕来着，味道和橙子完全一样，特别好吃。

因为这道点心是盛在新鲜橙子皮里的，正因为这样，今天早上我喝到了原汁原味的鲜榨橙汁。

大人们大部分时间都围着电脑，不知在讨论什么，我们小孩子就一直在 Sachi 房间里玩游戏。

后来我知道了，大人们原来是在商量明天去超市抢购的商品清单。因为明天是一年一度的 Black Friday,所有的商店都会疯狂大减价，而所有人都会一早去排队等商店开门，然后疯狂购物。

除非是傻子，要么就是钱多到跟大富翁游戏里的钱夫人一样，不然没有人会不在这一天去抢购商品，因为实在是太便宜了。

原来在美国也有天不亮就去排队等开门的事发生。

所以说，明天天不亮我就要起床，跟着大人们去体验一下这黑色星期五。

黑色星期五

11.28

没有感受到特别多的疯狂，累倒是真真切切的。

昨天睡得很晚，大概只睡了两个多小时。4 点的时候，妈妈就来敲我房门，问我去不去买东西了。

4 点 40 分的时候，天还没亮。Kim 和 Joe 两个男子汉大丈夫英勇地在寒风中站在沃尔玛外面排着长队。这个季节，这种时辰，在没有暖气的地方站着吹风可不是好玩的。所以，外婆、妈妈、Shelley 和我便躲在车里避寒，一边看管着我们拿到的推车，一边假惺惺地为那些排了半小时队可却没有抢到推车的人担心。

沃尔玛一共有 3 扇门，每扇门口都排着人。我第一次发现这个小镇居然有这么多人。我估计大概是有体力、无病无疾的人都出动了。

妈妈预测商店开门时一定会发生打架、争吵之类的事。其实打架是没有发生，只是在 5 点整开门的时候，大家都一个劲儿地往门口冲，感觉有些混乱。不过之后大家都表现得挺有素质的，所有推着推车的人，在主干道里排着队很有秩序地走，前面的人停下，后面也没有人超车。

所有人的第一目标就是电器，这个放在过道里的电视机，不管需不需要，人们第一个反应就是，拿几个放在车里再说。

所有的一切，都发生得太快了。就像乌龟撞倒蜗牛那个笑话一样，蜗牛向赶来的警察诉说事故经过："我都没看清乌龟是怎么冲过来把

Joe（左一）和姨夫 Kim（画面中回头者）在寒风中排队等待沃尔玛开门

我压倒的，因为一切发生得太快了。”

抢购的东西太多，直接的后果一是结账的队伍很长、速度很慢，另一个就是退货。

退货从商店开门的 5 分钟后就开始了。这边刚付完钱，立马就到那边退货，退货的地方也很快排起了长队。我不知道他们是怎么想的，是没计划胡乱抢购然后发现那些不是他们想要的东西，还是不小心买错了，或者真的纯粹就是买着玩儿？

两个半小时之后，我们 3 家人家抬着 4 台电视，一起壮烈地走出了沃尔玛的大门，我似乎还能感受到背后弥漫着硝烟。

我的小雪熊

11.30

本来打算睡个懒觉的，可是因为起来上了一下厕所，然后就完全改变了今天的安排。

从浴室出来，妈妈说让我看看窗外，这一看我就睡不着了，冲回房间拿了照相机开始狂拍。

因为下雪了，而且飘舞着的雪花很大，我们车上的积雪至少已经有 4 厘米厚了。

这下开心了，我和 Orion 就决定一定要出去玩。

原本说雪要下一整天的，可是到了 11 点的时候，就停下来了。

不过根本不用担心这个雪会消失掉，它就好像一直在那里完全不会融化一样。

下午的时候，妈妈翻出两条滑雪裤，我和 Orion 把自己包裹严实之后，就飞快地冲了出去。

不过我在冲出家门的第一瞬间，就被屋顶上滑下来的雪 K.O.[注] 掉了。

[注] K.O. 是 knock out 的缩写，在格斗类游戏里，用来表示被击败出局。在拳击类比赛介绍选手资料时，也会用到 K.O. 这个词，表示击倒对手的次数。

第一步我们当然是要打雪仗了。这个雪仗打得爽啊。

到处都有厚到不行的雪。随便抓一把，就有巨大的雪球。而且根本不用担心这个球丢出去以后会找不到下一个球，那么大的院子，撒开腿随便跑。

打完雪仗之后，Orion 拿着雪球当篮球玩，我就开始做有生以来的第一个雪人。

其实我对雪人一向没有什么好感，所以说，一只雪熊就在我手下诞生了。然后，我就被 Orion 称作了艺术家。

我在向妈妈展示了我的小雪熊之后，她的反应就是 OMG，然后问我拍照了没有，她要传给外婆看。

我就是天生的艺术家。

OTZ，是不是太自恋了？

然后我们就跳到了蹦床上面玩。当然在跳上去之前我们又打了一仗。

在有着厚厚积雪的蹦床上跳可真是很不容易，腿要使劲蹬才能弹起来，所以感觉很累。所有的雪原本是积在一块儿跟大地一样，我们这一跳，就跟电影里地震了一样，大地开裂，然后主人公就这么掉进去了。

话说，在雪地里玩了那么久，完全就没有感觉到冷，手也一直是暖的，就算在做小雪熊时也一样，大概是因为戴着手套的缘故吧。

希望以后天天下雪，说不定什么时候我们上课就可以延迟了。

圣诞节的期盼

11.28

Joe 上班去了，Orion 昨晚就去了外婆家。

在经历了 Black Friday 的清晨抢购之后，我和妈妈 9 点多回到家。原本我们打算继续睡觉的，可是新电视机的诱惑比较大，在把它连接安装搞定之后，我们早已睡意全无。于是妈妈决定和我一起把圣诞节的装饰拿出来布置房间，比如说在房子的屋檐上挂上彩灯。

这真是件既有趣又恐怖的事情，因为你必须爬上很高的梯子，然后再折腾屋顶。

那些灯是去年圣诞节之后妈妈买的，非常便宜。当然也印证了“便宜没好货”这句话绝对是真理，因为装这些灯的时候我修了它们好久。灯泡都是串联的，所以一个不亮，后面的就都不亮。于是，后来我花了一整个晚上和这些灯泡网搏斗，在最后一刻终于英勇地倒下了。

今天也就 5 摄氏度不到的样子，虽然有太阳，可还是非常冷。我就把自己裹得像熊一样，在高高的梯子上工作。在把最后一串灯挂到

我家窗户上我写的圣诞快乐

屋顶之后，我们发现还差大约 15 英寸长的灯泡（约 38 厘米）。尽管只差短短的一截，但就是怎么看怎么不舒服。所以我和妈妈又去了一次沃尔玛。

那里没有完全一样的灯，所以我们不得不自己拼装。我们的布置是最上面一排大灯泡，然后下面装一串类似于流苏的小灯。

所以我们买了一盒大灯泡和一盒流苏小灯，然后开开心心地回家准备开工。当时的心情，完全就是欢快得像飞鸟一样。

可回到家才发现，新买的大灯泡不是透明的，小灯泡的电线不是我们需要的绿颜色，而是白的。

不得不，在等 Joe 下班回家之后，我们三个人再一次跑到了沃尔玛，退货、找需要的工具和灯泡等等。大灯泡是找到了，就是间隙比原来的大，可是小灯怎么找都找不到绿色电线的。

所以我们又换了一家超市，仍然没有找到绿色电线的小灯泡，不得已还是买了白色电线的灯泡。

要知道这之后，天就完全黑下去了。

居然回到家，我们还是顽强地在黑暗中摸索着完成了所有灯泡的悬吊工程。

光线黑暗也就罢了，但是真的很冷很冷啊，我的手指都僵硬了。

不过好在我能享受赏星的乐趣。从窗户望出去，我们居然能看到两颗行星，因为它们非常巨大，所以也非常明亮。

让我想起来，今天早上摸着黑出门的时候，我们看到了 Orion，虽然他不在家是吧，但我们还是看到他了，在天上[注]。

明天我们还要继续调整那些灯。

12.9

放学回家以后，转了一圈发现妈妈不见了，然后我和 Orion 注意到地下室的灯亮着。Orion 非常英勇地下去了，可还没等他下到楼梯的一半，就被妈妈吼了上来。

然后我们推测妈妈大概是在下面捣鼓那些圣诞礼物。

晚上，等 Orion 回房间睡觉之后，妈妈叫 Joe 一起去地下室帮忙。等他们上来之后，这个圣诞树一下子就变得异常漂亮，下面一圈已经

[注] 猎户星座的英文就叫 Orion。

放满了礼物。而且那些盒子都不是什么小盒子,大概有将近 15 个左右。我就开始惊叹了。

可是妈妈居然说这还不是全部的呢。给我的感觉就是还有好几堆礼物没有包装。

真不知道我们能收到多少礼物。

12.23

刚才我和 Orion 做了件非常蠢的事情。

Joe 和妈妈在地下室包礼物，然后我们非常想知道那些礼物中到底有些什么,所以一开始我们是悄悄地躲在地下室楼梯那里往里张望,可是遮挡视线的东西太多了，完全看不到什么，失败。

后来我提议我们去浴室，因为浴室的地上有个洞，平时我们懒得把换下来的衣服放到地下室去，就直接把衣服从这个洞往下扔，而下面正好是洗衣机的位置，边上又正好是地下室的桌子。所以，我估计可以看到大人们在包的东西。

我和 Orion 就那么趴在浴室的地上，头挤在一起，在黑暗中很诡异地看着 Joe 和妈妈他们。我敢肯定，如果 Joe 不小心抬头，看到洞口闪动的 4 只眼睛，肯定会被吓昏过去的。

不过到最后，我们还是什么都没有看到。

下雪的感想

12.1

今天下了一整天的雪。

其实我发现，不是因为这里太冷，而是因为这里人少、车少、灯少、热量少，所以说雪落到地上，就特别容易积起来。

这样的雪要是下在上海，我估计效果就要减掉一大半。还没下到半空，这个高楼大厦空调什么的，就把雪花给销毁掉了。

这里的雪，完全就是软绵绵地积在地上，不是我说，手感极好。

然后这里的人会用雪堆在路边，指示这个是道路的边缘，小心不要把车开到旁边的地里去。

因为没有太多的车在路上开，所以路上的积雪也不容易融化掉，它们就那么肆无忌惮地堆积在那里，有的已经变成了冰，所以路面异常滑，所有人都把车开得很慢很慢。像我们这种家在道路尽头的人家，一路开进来的时候，根本就分不清哪里是深灰色的路面，哪里是边上的草地，眼前所有的一切都白了，所以有人在道路的两边堆了很多用来作标识的雪堆。

白茫茫的冰雪世界，让我感觉特别梦幻。

下午我当家

12.11

今天我们只上半天课。因为 Orion 放学后要去他同学家玩，所以我拿到了家里的钥匙。

出了太阳，想到能很早回家，家里又没有吵吵闹闹的小孩子，只有狗狗，就自己对自己说，赶紧回家吧。

开了家门，看到 Jack、Bailey，没有 Orion，没有大人，就怎么想怎么开心。

就在心情非常好的时候，我看到了水池里非常不和谐的脏盘子。

我摇了摇头，就开始洗碗了。

心情一好，居然连洗碗都变成了一种享受。

碗洗完之后，我还把操作台啊水斗什么的都擦得干干净净。这下子就感觉舒服多了。

看到了 Bailey，把它叫到了浴室，开始帮它洗澡。

在它把满身泡泡抖得到处都是的时候，我感觉更加开心了。

这个天气好了，心情怎么就这么欢快呢。

反正就是做什么都开心。

黑暗中的争吵

12.19

现在是早上 6 点 14 分。这个时间意味着还有 20 分钟我就应该起床准备去上学了，那么为什么我现在会在这里写日记呢？因为家里现在是完全处于罗曼蒂克的状态，到处都是蜡烛，连浴室里都是蜡烛。现在除了手机，就完全没有办法和外界联系了。

简单地说，就是停电了。因为暴风雪，我们这里的所有东西都被冻住了，挂着冰棱的树枝都重重地低垂着头。

学校当然也就放假停课了。

晚上的时候，妈妈和 Joe 去看演唱会了，不知道是哪个乐队来着，反正他们 6 点出门之后，Orion 就完全疯狂了，开始玩电子游戏，大声叫喊着玩得不亦乐乎。

我就在那里想，我是不是能做些什么呢。

因为妈妈在走之前似乎不怎么舒服的样子，而且 Orion 今天让妈妈非常不开心。然后我就决定去做点家务。就在我洗碗的时候，忽然间全世界又黑了，所有的灯光就那么在一瞬间，非常有艺术感地集体消失了。

这下子 Orion 开始害怕了，就翻开我的电脑当灯，我说你怎么不去拿手电筒呢，他说因为他看不见，而我的电脑离他比较近。

后来他开始狂点蜡烛，在点完早上拿出来用过的蜡烛之后，他还试图找别的蜡烛，说什么不够亮。我说你是害怕吧，他就开始用力辩解说不是这样的。

等我们点完蜡烛之后，我们看见对面人家手电筒的光晃来晃去，似乎还没有点上蜡烛。忽然间 Orion 说了句，他要把我们没有用完的蜡烛送到对面去，他们肯定是没有蜡烛了。我就狂晕，那么黑那么冷的天气，你居然要穿过一百米去给别人送蜡烛，万一这中间发生什么危险的事情，让我怎么向你父母交待！而且之前我们正好讨论过关于没有电的时候，晚上很容易有坏人，所以要锁好门什么的，现在他居然要这么走出去，是不是脑子出问题了？

我知道他是好心，可是也太危险了，再说要是妈妈他们在家，现在这时候也不会同意他出去的。可是 Orion 居然已经回自己房间什么都穿戴好了，我一下子就急了，你这小孩怎么就是不听我的话呢，再怎么说我都比你大，有权利管着你，可他俨然一副无论受到什么阻拦都会出去的架势。我真的是又气又急，恨不得把他打晕了，这样不管是我心里的气还是什么就都消了。

不过还好，在我和他就要动手的时候，世界又重见光明了。

这绝对是惊险的一瞬间啊。

早饭的实验

12.20

Jack 和 Bailey 昨晚都和我睡了，因为 Orion 的同学住在了我们家，占据了 Jack 的地盘。今天早上 8 点的时候，它们两个集体把我叫醒，然后我又变成了最早起来的人。

放它们到后院解决了一下生理问题，然后在给它们吃早饭的时候，我做了一个实验。

因为 Jack 每天在我给它盛好食物之后，总要监督着我给 Bailey 的碗里放吃的，然后再回去吃它自己的那份。我就想啊，Jack 是不是小心眼怕我多给 Bailey 吃的呢？其实我每天都是给 Jack 一勺，给 Bailey 两勺的，因为 Bailey 的体型要比它大很多嘛。但如果我哪天也给 Jack 两勺，它会不会表现出一点点得意来呢？

所以今天，我在给 Jack 食物的时候，先是给了它浅浅的一勺，也许因为它比较笨，没有感觉出来什么，就跟着我去检查 Bailey 的食物了。我给 Bailey 的两勺也都不是很满，然后在 Jack 准备回去吃它的东西的时候，我又给 Bailey 加了一小勺，但似乎 Jack 也没有特别的反应。之后在 Jack 回到它自己的碗边开始吃的时候，我又给 Jack 加了一点，但它也没有表现出特别开心的样子。

看起来，Jack 还真是个不长心眼的小笨笨。

Orion烂嘴

12.22

我忽然感觉我变成两条狗的保姆了，天天早上起来放它们去院子里解决问题、让它们吃东西，然后再回去睡觉，今天又是这个样子。

然后今天第二次起床之后，发现 Joe 和 Orion 都已经出现在沙发上看电视了。

可是 Orion 似乎出了点状况。

前两天原本以为他的嘴唇是因为干燥而裂开的，可是今天他嘴巴周围开始发东西了，而且非常严重的样子。其实这也不是第一次他嘴上发东西，所以 Joe 就决定带他去医院看看。这小孩子只要一听到要去看医生，心情一下子就会极度恶劣。

真不是我说，Orion 的嘴看上去非常恐怖，严格地说是恶心，裂开的裂开，烂掉的烂掉，我一看就说，肯定是 Orion 自己没有弄干净，所以这样了。

他就是喜欢不洗手摸来摸去，还让狗舔了脚又舔脸，还说狗的嘴是世界上最干净的嘴，所以没有关系。我说这怎么可能呢，它们一会儿舔 PP 一会儿舔脚，怎么可能干净呢？只不过是它们自身有免疫力，能让它们不生病。反正 Orion 就是不相信。现在好了，发东西要去看医生了才知道出问题了吧。

居然我们的医生不在 Logansport，而是在 Peru，那是外婆家所在的区域，所以我们就先去了外婆家吃午饭，然后 Joe 和 Orion 去了医院。本来我也想去的，可是外婆刚冲了热巧克力给我，我总不能说等回来再喝吧，所以就留了下来。

今天外婆家有 3 个小孩子，所以说家里胆小的狗狗 Rosa 就非常害怕，一见陌生人就会躲到电脑桌下面去。在 Orion 他们出去之后，Rosa 在外婆千呼万唤下才终于现身。外婆又给它买了件新衣服，粉红色的公主裙，超级可爱。但是因为家里来了陌生的小朋友，所以 Rosa 一直在发抖，很可怜的样子。

平日里外公整天抱着 Rosa，而我又整天跟着外公，所以 Rosa 也特别喜欢我。今天看到我来，它冒着被生人看到的危险，鼓足勇气在我不注意的时候，跑过来轻轻地碰了碰我的脚，然后又马上躲到电视机后面去了。

后来，Orion 他们回来了。不用我说，答案就是我说的，没弄干净而已。

回到家就好玩了，Joe 严厉禁止 Orion 用手碰脸，碰了就要去洗手。可是小孩就是手贱，老是忘记不能碰脸，所以他就处于不停地去洗手的状态。

我就在那里吸尘。

本来 Orion 是应该洗碗的，可是 Joe 考虑到他如果洗着洗着摸脸了，那就完蛋了，所以就派他帮我移东西，当然，显然他是越帮越忙，导致我的工作效率特别低。没帮一会儿，他就跑去和狗玩了，我也只好无奈地让他去。

我从来不记得我在自己家里帮忙吸过尘，还非常讨厌吸尘器的声音，但是今天我居然拿着吸尘器干活，还开心得不得了，自己也觉得有点纳闷。

等我做完，Joe 也差不多把烘干的衣服分发到每个人的房间了，就剩下一堆袜子，所以我们就一边看电视一边叠。

我们看的是《豪斯医生》，这一集讲的是有个人被狗咬了，但他说是被蛇咬的，因为他特别在乎他的狗。之后无论怎么治都治不好，最后在豪斯医生跟他说他要死了的时候，他才说那么他的狗怎么办，这下才真相大白。

非常强悍地，居然电视里的医生说，狗不得病是因为它的唾液里能分泌某种东西，但人就不一样了。

因为我们家的电视是录播的，所以可以倒回去重放。于是 Joe 就把这一段倒回去，让 Orion 又看了一遍。

Joe 的潜台词就是：你看看，你看看。Orion 就超级无奈。

Joe又失败了

12.21

要说今天最重要的事是什么，那么就应该算是天气了。

我的电脑一直显示气温是零下 18 摄氏度这个样子，可是晚上妈妈他们在出去转了一圈回来之后，说别人都在说今天是零下 20 多华氏度。我总感觉不可能，如果真是这个温度的话，换算成摄氏就应该是零下 30 度左右了。

在我的想象里，这是绝对不可能发生的事情。我感觉在这样的温度里，所有的东西应该都会被冻住了。

反正就是非常非常冷，风也特别特别大。

晚上 9 点的时候，Orion 找了点东西吃，Joe 看到后脱口就说："快点吃，吃完去睡觉，明天还要早起。"然后过了 5 秒，他又来了句："你们放假了是吧。"之后就一副非常失败的样子。

其实，这已经不是他第一次失败了。但他真的很尽责。

小鸟的食物

12.23

下午的时候，我和 Orion 把妈妈派给我们的活儿做了，就是把放了好多日子我们不吃的面包撕碎了撒在雪地里，确切地说是冰上面，让鸟儿能方便地找到食物。

有些面包都已经发霉了。看来，这个鸟的体质就是比人好啊。

然后我就那么穿着短袖陪 Jack 和 Bailey 跑出去，发现又下雪了。

现在我的体质也快比上鸟了。

可是最大的问题就是，Jack 和 Bailey 一出去上厕所，发现有天上掉面包，然后就完全忘记上厕所。所以晚上的时候，Jack 在 Joe 的架子鼓边上便便了，结果被 Joe 狠狠地教训了一顿。

所以再晚一点天上下冰粒的时候，我就穿着短袖在冰天雪地里看着狗狗们上厕所，一旦它们想去吃给小鸟的面包，我就冲过去阻止。

真辛苦啊我。

圣诞礼物

12.24

我现在真可谓是心情大好。有生以来第一次过一个真正的白色圣诞节，而且是在美国体验真正的圣诞氛围，又刚刚从外婆家回来，穿着一身 Coca-Cola 的衣服坐在这里打日记，心情怎么可能不好！

真的，我从来不知道圣诞节是那么强大的一个节日，怪不得小孩子都喜欢呢，就跟我们过新年一样，等着拿钱嘛。

今天是妈妈这边的亲戚全部去外婆家聚会，明天是爸爸那边的亲戚聚会。

一路上银装素裹，景色迷人。

到了外婆家，就看到桌子餐具什么都摆放好了，蔬菜水果已经上桌，厨房里飘着烤肉的香味。但是还不到吃饭时间，所以说所有人都在那儿看电视。

最吸引我也最让我震惊的是，一进门我就看到了圣诞树下面的礼物。五彩缤纷的盒子简直就是我们家树下礼物的 3 倍，我的心脏都要跳出来了，那么多礼物，也真舍得买啊！

然后小孩子们都在那里嚷嚷着要拆礼物，可是大人说还有一个孩子没有来，所以不能拆。那个孩子就是外婆的儿子的女朋友的女儿，这个关系可真复杂。

不过也好，培养小孩子的耐心。非常如我所愿地，那个孩子基本上是三四个小时之后才出现的。

中间我们实在是饿了，所以就开始吃了。

但大家也不是郑重其事地围坐在桌子边上吃，都是很随意地自助式走来走去地吃。外婆准备了烤肉和另外一种味道的小香肠，还有花了好几天时间调味烹制的猪肉。

这个好吃程度，实在无法用文字来描述，反正就是外婆级的，只要是外婆做的就完全不可能差。

后来，那个孩子来了。她一出现在门口，其他孩子的反应不是向她表示欢迎，而是马上欢呼说可以拆礼物咯。

很好很强大，我就被我的礼物压住了，完全就没有办法看到外面的世界了。

礼物都真是太合我心意了，一堆 Coca-Cola 的东西，我一开始就说了，我穿着一身衣服嘛，就是礼物之一，红色的，上面印着很多

我收到的部分圣诞礼物。全都是我爱的 Coke 系列，是外公外婆溺爱我的物证。

Coke 的字样。

还有小熊、衣服、玩具和吃的东西。

圣诞节的意义终于出现了，小孩子拆看礼物时发出的尖叫，我就不想再描述了。

Orion 最终拆到了一件心仪多时的礼物——Game Boy——掌上游戏机，还有 7 张宠物小精灵的游戏卡。

之后他就全身心地投入了。

原来在美国，圣诞节礼物和我们过年的红包是没有什么差别的。

明天回家还有礼物，还有礼物。

混了张儿童票

12.26

你看，这个圣诞节一过去，生活就马上恢复了原样。怎么有百变小樱的感觉呢？“我命令你变回你原来的样子。”原来生活也是库罗牌哦。

可是也正因为圣诞节，所以很多公司都出了新的电影，比如说迪斯尼就推出了《马利和我》、《睡前故事》两部看预告片觉得很搞笑的影片，所以妈妈就说，她觉得我们一家人应该去电影院看电影。

妈妈是特别想看《睡前故事》，所以 Joe 就查了时刻表，有两场时间比较合适，4 点和 7 点。

显然我们是选了 4 点的那一档。然后妈妈说，她觉得 Logansport 是不可能放的，因为今天是首映日，所以我们就要到比较热闹的 Kokomo 去。

这个就是城市的差距啊，偏远的小镇连大片都要不到，虽说电影院还是有的。

然后我们就在 3 点 15 分的时候出发了，原本预计半小时是可以到达 Kokomo 的，但因为道路结冰堵车的缘故，我们到电影院的时候就已经 4 点 05 分了。然后大人们决定，既然已经晚了，那就等 7 点再去看。

这样我们就有 3 小时多出来了，怎么办？去买东西啊。可是我完全就没有打算买什么，只能和 Orion 在商场里漫无目的地乱转，大概耗费了 1 个半小时，转到 Orion 都快要昏过去了。然后我们去找 Joe 和妈妈，和他们一起又逛了半小时。

之后就是 Orion 的不对了，即使累也不要表现出来嘛，可是小孩子就是小孩子，又说饿又说累又说渴的，可他是唯一在出门之前吃了东西的人，所以惹得妈妈非常生气，狠狠地数落了他一顿。

我倒是没什么，在商场的时候还碰到了两个同学，其中一个还是我的好朋友 Heather，我们说了好久的话。

然后 6 点的时候，我们去买了汉堡。那家店没有店堂，就是买了就带走的那种，可是东西好吃得要命，连薯条都是撒了调料之后再炸的，我估计我要说那是我有生以来吃到的最好吃的薯条了。

6 点半坐到电影院里面。

他们的票是不指定座位的，自己进去随便坐。

并且，我被卖票的人认为还不到 12 岁，因为 Joe 付了两张成人票、两张儿童票的钱。虽说我长得并不高大，但也不至于看起来像儿童吧。我到现在还在思考这个问题，我的确看上去要比美国的同龄人小得多，但是我真有那么小么？

电影的部分我就不做广告了，反正是一部非常好看也非常搞笑的电影，自己去看了就知道了。

说说别的。

自从 Orion 有了 Game Boy 之后，就是时时刻刻不离手的。去 Kokomo 的路上，还有回来的路上，吃东西的时候，都不停地在玩，一度让妈妈非常生气，命令他关机吃东西。回到家之后，我们进屋都有 5 分钟了，他还在车上不知道收拾什么东西，我出去一看，他还在那里专心地打怪。

而且他还有作弊器，让我非常鄙视他的游戏品。

我总觉得，不出几天，妈妈就可以没收他的 Game Boy 了。

Jack想坐沙发

12.28

晚上不知道为什么Jack就和Bailey打起来了，Bailey似乎被打哭了，就是它的声音一下子变得很尖。后来Jack就被妈妈教训了一顿，并罚它不能睡在沙发上。可是不给它什么它偏想要什么，Jack就一直非常可怜地站在沙发边上看着我，耳朵一动一动的。在我不理它的时候，它就把它的小下巴搁在我的腿上，有时候它用小鼻子顶我的手，把我的手顶到它头上。

就那么大概有两三个小时，它就一直看着我，有时候它尝试着跳到沙发上，但还没等它坐稳，就被妈妈喝斥下去了，要不它就是绕着沙发转圈圈。

后来我实在看不下去了，就挪下来陪它坐在地上，我腿上盖着毯子，它就钻到毯子下靠着我的腿坐下，那眼神真是可怜得要命。

不过，只要Jack一靠近沙发，Bailey就非常紧张，要么紧紧地靠在沙发的靠背上，要不就是紧紧地靠在我身上，看上去就是十分害怕的样子。

Jack和Bailey喜欢在我床上晒太阳

Orion的蛀牙

12.30

昨天居然忘记说一件非常重要的事情了。

Orion 从外婆家回来后，就非常兴奋而且神秘地把我叫过去，拿出了一个小小的绿盒子，打开让我看里面的东西。我本来还以为是什么呢，形状非常奇怪，然后他就告诉我说，他拔牙了。

我再一看那颗牙，原来是大牙，上面居然有一个非常巨大的蛀洞，基本上就跟牙齿的表面积那么大。但是 Orion 却貌似很开心的样子。

我就问他那牙齿是不是乳牙，还好答案是肯定的，不然还要破费装假牙。不过他现在嘴一张开就非常地搞笑，一个大洞。

外婆说，他拔牙的时候乱叫乱动，还狂哭，我就没有想法了，都那么大一小孩了，居然打了麻药拔颗牙还能闹成那样。

不过我们都非常佩服 Orion，之前那么大个洞在牙齿上面，他居然像没事人一样，从来没听他嚷嚷过牙疼。

后来妈妈回来说，Orion 那颗牙花了她 64 块钱，Orion 还不相信，一口咬定妈妈在骗他。我刚开始也是觉得非常不可思议，怎么会那么贵！可是想想在上海，牙医就是个赚钱的职业，更不用说在美国这种注重口腔卫生和牙齿健康美观的国家了。

春天来了

2.8

这两天就和春天一样了。记得昨天几乎就是穿短袖的天气，雪都看不见了，地上是粘粘的泥土，后院的平台上面都是 Jack 偷懒不想跑远、一出后门就在雪上便便之后的产物。

还有更为壮观的景象：昨天下午，从窗户往外看，能看到我们家院子和远一点的田野上，全部停满了在找蚯蚓的鸟。它们超级搞笑地在树堆里面一翻一翻的，就看到一滩滩树叶“腾”地被顶开。不知道是谁吓到它们了，忽然间所有的鸟都飞了起来，就感觉天一下子黑了。大概这是我第一次亲眼看到那么多鸟。

今天我睡了一个上午，真的是到12点才起床。

想到终于可以吃东西了就很开心。

然后我就开开心心地狂吃了一天。

下午的时候和Orion出去散步，本来以为小河里的冰都化了，所以Orion就想去找找有没有小鱼什么的，结果什么都没有。河底还是一块块的冰，我都能走在上面，但是Orion就专找那些要破的冰走，还玩土，他就那么玩着走着，走到套鞋里面进水，等到连冰都掉进去了他才大喊他要死了，然后就僵直地往家走。

小男孩为什么就是那么喜欢把自己弄脏呢，就像昨天他还摔了一跤，摔到全身上下都变成了咖啡色。

看着他僵在那里的动作，我绝对是那种幸灾乐祸的心态。

明天又要上学了，接下来值得期待的，也就是3月的春假了。

一件恐怖的事

2.25

妈妈跟我们说了一件很恐怖的事情，就发生在我们邻居那儿。

说是隔壁人家今天接到一个电话，一个13岁的小男孩不见了，最后有人看到他的时候，他带着一把空气枪。还说如果发现他了不要靠近，马上报警就可以了。

然后Orion马上就意识到那人是谁了，是我们街坊邻居家的小孩，平时经常要流氓，妈妈从来都不让Orion和他一起玩，因为他真的是很危险。

然后妈妈就说，最近在家一定要锁门锁窗，在路上万一看到他，不要和他说话，赶快跑开或者跑到别人家里去。

不知道到底有没有人找到他了，Logansport 又不是个大地方，如果没有找到，倒也是很恐怖的一件事情。

而我觉得更恐怖的是，被警告说危险不要靠近的对象，居然是一个小孩子。

计划举家出游

3.2

Nicole 和 Joe 决定，两个星期之后我们放春假时，全家到佛罗里达去旅行。

其实 Orion 就是在佛罗里达出生的。妈妈年轻的时候，一直住在南方的那个州。我们这次去，会住在 Jacksonville 她好朋友 Kristen 的家里。

我们大家就在那里讨论，到佛罗里达去玩什么，本来想去迪斯尼的，可搞了半天，家里只有 Joe 没有去过迪斯尼，所以妈妈就想是不是可以去别的主题公园玩。比如说，过山车乐园和水上乐园，等等。过山车乐园人会比较多，那就要花很多时间去排队；水上乐园里貌似有海底隧道、水族馆以及大型的游乐设施。

反正我是让 Orion 选来着。看上去他挺喜欢水的。

带狗狗散步

3.21

天气晴了，气温也上升到可以穿短袖的程度了。

一大早我们全家就出动去了 Kokomo，购买后天出门旅行需要的东西。

晚上回到家，我和 Orion 带着 Jack 和 Bailey 出去散步。天气超级好，风吹吹，在草地上跑跑，看着狗狗们打打闹闹，心情无与伦比地舒畅。Jack 也超级开心，出来放风了，终于可以不要戴那个很重的带电项圈了，反正我和 Jack 根本就没在散步，而是跑了一路，Orion 和 Bailey 就跟在后面。

今天大概是我看到 Bailey 除了为了吃而跑得最快的一次，最主要的是它想找我玩，但是我和 Jack 又跑在很前面，所以它也就不得不跑了。Bailey 跑起来的时候,两片耳朵迎着风一飘一飘的,样子超级可爱。

Jack 喜欢跳，总是跑到小河边上，因为河水只是浅浅的一层，Jack 就先跳到河床当中的石头上，再跳到河对面，反正它就是跳过去跳过来，一直在玩这个游戏。

佛罗里达之行

3.23

明天我们就要去佛罗里达了，所以等妈妈下班回家后，我就和她一起把狗狗们送去外婆家。

一路上，Bailey 占着两个后座一直趴着睡觉，Jack 就不知道为什么超级兴奋，一直伸着舌头在那里哈气，搞得妈妈都快疯了。

到了外婆家我们坐下吃饭，它们两个就一直在厨房里打转。转到后来，妈妈就对外婆说，平时你们一定要把 Bailey 关起来，不要以为厨房的台子比较高它就吃不到上面的东西，它会趁你不在的时候用超能力“飞”起来，只要是有吃的，它就都能给你吃掉。

Jack 趁我们说话不注意的时候，忽然间就窜出了门，家里所有人瞬间就一个反应——完了，之后就听到 Jack 狂叫的声音，显然那个带电的项圈又工作了。它以为换了个地方，项圈就会水土不服不工作了吗？可惜它错了，项圈依然是那么无情。

等我们冲到门口，看到 Jack 已经在别人家的回廊上了，因为受了电击，就好像意识混乱了一样，完全不知道该从哪里下来。我们叫着它的名字，它才跳过栏杆朝我们跑过来。

Jack 真是可怜。不过也好，让它知道了这里也是不能乱跑的。

我们走的时候，Bailey 就一心想要找点什么吃的，Jack 还处于意识混乱的状态，也不知道它们是否真的知道了我们家里人要外出一个星期，而我要两星期后才能回来的事实。

不过估计它们会不怎么习惯的。至少是在一星期后回到自己的家，发现我不见了踪影之后。

Bailey 没有人和它睡，Jack 在被 Orion 欺负以后没有地方可以躲。

3.24

15 个小时啊，从 Logansport 开车到佛罗里达，中间停了三次休息，终于在晚上 10 点的时候到达了目的地——Jacksonville，话说这是全美国最大的一个城市，忘记我以前说过没有，反正再说一次。

早上 4 点半被闹钟叫醒，但是一睁开眼睛就发现不行，还要睡会儿，当然屋外也是一点动静都没有。又睡到了 5 点半，被妈妈用电吹风烘干头发的声音叫醒，然后起床，6 点开始做三明治，全家人全部收拾完毕，6 点 20 分出门到了加油站。突然，我发现我的手机不见了，然后我们又回到家，我这才发现这让我弥补了一件想想就后怕的事。

原来，前面在我们准备出发的时候，妈妈拿出两个枕头说路上可以当靠垫用，我说我要另外一个枕头，于是我就再开了门进屋换。我居然忘记用钥匙开门以后，门是不会自动锁起来的，而我就只是把门带上，没有再用钥匙反锁。幸好为了找手机又回去了一次，要不然我的祸就闯大了。

最后发现，我的手机其实还是在我包里。也许上帝保佑，就是为了让我回去弥补我的过失的。

感觉坐自己家的车旅行，比坐飞机舒服多了，不光座位宽敞，而且还有一大堆休闲食品和饮料，一路和 Orion 玩，一路吃吃睡睡。

天黑的时候，我们到达了 Jacksonville。一到这里，我的第一反应就是我喜欢这里，大概就是因为那些高架啊，灯光啊，再加上南方的气候，让我感觉整个就是回到了上海的样子。

Kristen 十分热情，家也收拾得非常干净。他们就夫妻两个，还

有一条超级大的小狗。

我和 Orion 睡一间房间，他们家的狗狗也和我们在一起。

我已经累得有点思路不清了。

明天说是要去海滩。

3.25

今天睡到大概 9 点半的样子。快 11 点的时候我们到了海滩，Jacksonville Beach，超级漂亮，洁白的沙子很细很软。大人本来说海水应该很冷，不可能下去游泳。但我们是小孩子嘛，就那么跳进去了。我和 Orion 早就有所准备，在汗衫里穿上了游泳衣。

海水的确是冷的，但也没有大人们说得那么冷，都 20 几摄氏度的天气了，我们就站在那里让海浪拍打着身体。

沙滩上还有好多贝壳。

2 点吃了午饭，去了一个游乐场，有室内游乐城，还有室外迷你水上乐园、高尔夫球场、棒球垒球场，等等。我们就玩了迷你高尔夫和垒球。然后回到室内，买了代币，四散开来玩了，我就一直在玩跳舞机。

晚上去了一家叫千鹤的日本餐厅，不是我说，鱼就是比内陆要新鲜多了，可是再怎么说，生鱼片还是切得太厚，而且因为调料的缘故，让我感觉和在上海吃的日本料理还是有很大的区别。

明天 6 点出发到奥兰多，不是去迪斯尼，是去水上乐园。

3.26

5 点 40 分起床，6 点上车，开了两个多小时才到奥兰多，路上我和 Orion 又看了一遍电影《变形金刚》，我超级喜欢大黄蜂。

奥兰多有两个水上乐园，我们今天去的是其中一个——Aquatica 海洋世界。在我们停车的时候，有人过来收费，Joe 就是满脸惊诧的表情。在大城市十分正常的事，让一直生活在小镇可以乱停车的人看来，是如此地不可思议。

说实话，今天玩得可真高兴。所有人就那么穿着泳衣、赤着脚走来走去，四周的环境异常整洁，放眼望去就是蓝天白云碧波绿树，还有色彩鲜艳的游乐设施。我和 Orion 在一个超级巨大的水上设施里玩得不亦乐乎，里面有隧道、滑梯、人造海浪，还有绝对名副其实的激流勇进，挑战的绝对是你的心跳。

吃了饭，大人去了沙滩，我和 Orion 继续玩人造海浪，在水里跳啊跳地随波逐流。后来又把所有的设施玩了一遍，感觉比上海的热带风暴好玩多了。

3.27

今天其实挺无聊的，过了 12 点才出门，就是为了去看以前 Nicole 住过的房子和 Orion 幼年时曾经玩耍过的地方。

午饭我们去了一家牙买加餐厅，我点了米饭加辣鸡。这个鸡说不上来到底是用什么调料调制的，就是超级好吃，辣得恰到好处。

佛罗里达奥兰多水上乐园里的滑水管道。滑下去之后，可以看到水族箱里的海豚和海龟等海洋生物。当然，在外面参观海洋生物的游客同时也会参观你……

不过那家店倒是很小，貌似妈妈以前住在这里的时候一直来这里吃饭。

晚上的时候，Kristen 的妈妈和 sister 来家里了，她们好久不见当然要开始海谈啦，反正都是我听不懂的内容，我就跑到后院里看 Danny——Kristen 的老公烤虾了，他是个超级喜欢篮球的人，所以我们聊了很多 NBA 的事。

我明天下午 2 点 24 分的飞机，单独飞往华盛顿，12 点多就要到机场去办理机票什么的。很幽默的就是，晚上的时候，Orion 一直在说他很累，为什么他也要跟着到机场去送我。我就说你不想送我去么，你会一个星期都看不到我啊。他说，我想是想去但就是太累了呀。我就很没有想法。过了一会儿他又问，那么早饭什么时候吃，妈妈说就是早上吃呀，他就说，送了 Wind 回来他早上是起不来的。然后我们大家就意识到，他以为我是大半夜的飞机。

奇怪的四月天

4.7

真的，你仔细想想，随便和谁说 4 月份下雪，有几个人会相信？可是昨天我真是亲眼看到奇观了。

满世界就真的又变成银装素裹了，地上也只看得见白色的雪，其它什么颜色都消失了。我只剩下感叹的份:4 月啊，现在是 4 月份啊！

今天还是下了大雪。

4.20

天气变得超级奇怪，排练完和 Hein 走回家，我就感觉外面的空气格外凉爽。忽然间，Hein 的住家妈妈开着车出现在我们面前，让我也上车，她说感觉天要下雨了。神了，她的话音刚落，立刻就开始有雨点落下来，半秒钟以后就巨大无比了。

一回到家，我又马上和 Joe 一起陪 Orion 去棒球训练。这一路上好玩了，我觉得是我来到这里以后看到的最大的一场雨，雨刷的速度开到最大，还是刷不掉雨幕。

据说明天要下雪，但是后天马上又会回升到 15 摄氏度，星期五（24 日）要到 26 摄氏度。不知这里的天气预报准不准。

复活节

4.12

今天是复活节，全家人还有外公外婆就集体出现在 Shelley 家。

从昨天起我们就开始做彩蛋了，今天小孩子还能收到一大篮子一大篮子的糖果。

帮忙布置桌子的时候，再次展示了我的艺术创造力。在我不小心随便帮他们调整一下之后，整个桌子的感觉就完全不一样了。我还做了很多细节的东西，比如说饼干的酸奶酪蘸酱，白白的放在当中，再把西瓜和菠萝剁碎，放一点点在中间，再切两小条菠萝的绿色叶子，

复活节在 Shelley 姨妈（右立者）家和 Abbi 及 Orion 一起做彩蛋

插在水果的边上，一下子这个盘子就变得赏心悦目起来。

吃过晚饭，我和一帮孩子在后院里找复活节彩蛋，不过是塑料的蛋，里面装了钱或者是糖果。很容易看到的蛋我都不捡了，全部让给Abbi这样的小孩子，我就只找大人们藏得很高、很隐蔽的那些蛋，说实话不是很好找，比如在很高的杂草堆里之类的。

后来我们还放了风筝，好久没有放了，还是超级得心应手。

意外的喜讯

4.29

今天最大的事情发生在我回到家以后。

我在学校做完篮球冠军赛的采访，回来已经快10点了。Orion貌似是故意不去睡觉，等着要和我说什么事情。

然后他神秘兮兮地拿出来一个盒子，说里面的东西可以算是今年爸妈要给他的半个圣诞节礼物。我打开一看，是个奶嘴。我就很费解啊，他就让我猜，另外半个礼物是什么。我说是尿布吗？然后家里所有的人就全体倒下了。

Joe对我说，Orion刚开始看到这个东西时，表情就很诡异，问为什么要给他这个，Joe就说这不是给他用的，然后Orion又说了句更冷的话：那么是你的啊。我听了瞬间冻住。

然后我就说，难道另外半个礼物是玩具娃娃么？话一出口，我就貌似意识到了什么，然后就发现我跟Orion和Joe一起说："不是娃娃，是一个baby。"

猜出来了吧。妈妈怀孕了。

宝宝应该是在圣诞节前后出生，如果不出意外的话。

天哪。我到现在还没有真的反应过来。

和Orion挖石头

5.3

Orion 喜欢收集石头，所以每年夏天他都要在后院里找个地方挖洞，当然不是院子正当中啦，然后找里面的石头。

我们两个今天挖了一个直径 1 米多、有 Orion 半人高那么深的一个大洞，找到了 18 块石头。

昨天下午，我跟我们社团的同学一起去了 Indiana Beach，一个类似于上海的锦江乐园、过山车横行霸道的地方。本来以为是个很大的游乐场，其实所有的项目一个一个玩过来，两个小时都不用。

我给 Orion 买了一顶帽子，因为上面喷绘了“Orion”这个单词。另外我还非常有人品地花了 2 美元，赢了一个上面印满了百元美钞的充气球，之后又用 4 美元投了两次篮，居然全中，得了一个大奖——猴子毛绒玩具。后来这些都被我当礼物送给了 Orion。

貌似 Orion 非常喜欢我给他的礼物，那顶帽子我看他戴了一整天。

做小花坛

5.13

我想了 5 分钟，到底用哪个中文词来翻译我今天在院子里做的那个 garden 比较合适，到最后还是没想出来。

因为他们说是说花园，但实际上就是沿着屋子的外墙用石块垒出来的一圈 50 公分见宽的花坛。因为已经用了好多年了，花坛周围的石块也早已歪歪斜斜，所以妈妈想拆了重新搭建。

先要把土里的杂草拣出来。

这个除草可不是那么简单的事。妈妈说，那些杂草刚开始长，叶子还很细小，我们要一点一点仔细地去找，把它们清除干净，要不然就会和我们种的植物争夺养料。找到那些小叶子后，要小心不要一下拔断。当把它连根挖出来的时候，居然可以看到它的根系已经非常发达，粘了一大堆土在根的四周。

等我把它们全部清除完毕的时候，我已经直不起腰来了。

5.24

今天一起床我就开始忙活了。先是扫地，然后就开始帮 Joe 堆花坛边上的石头。

但是 Joe 根本没有事先测量就在那里堆石头，所以做了一半，一测量，完全就是歪掉了。之后我就开始上场了。不是我说，我干这活儿绝对是专家。

大概做了两个小时，大人们要出去买东西。我试着自己搬了一块石头，然后立刻就放弃了，因为实在是太重，再加上晌午火辣辣的太阳，我想如果我一个人继续干下去，基本上就会被晒干了。

回到房间看了会儿电视，想着院子里半路暂停的失败工程，我心里就爽快不起来，然后还是决定独自把它推倒重建。

石块的确很沉，我必须使出全身的力气来搬动、叠放它们，然后不时地测量一下长宽高。最难摆的就是转角，必须考虑到美观，所以要算好角度。

在妈妈和外公外婆一起回来的时候，我差不多已经完工了。看到我居然一个人完成了这么耗费体力的工程，他们都十分惊讶。外公还说我真是个很好的园林艺术家，以后去学这个专业，一定很有前途。我就有点没有想法了。

后来，Joe 从农场那里搞了些土回来。吃过晚饭，等到太阳下山，我又跑到院子里干活了——把土铲到花坛里，一直忙到了 9 点多。

5.25

又是大半夜的我还在院子里工作，感觉就和昨天一样。

你可以设想一个场景：美国，晚上天都黑了，几个人在院子里在一铲子一铲子地铲土。让你想到了什么？反正我是想到了埋尸。

照顾老人

5.16

今天对我来说，绝对是充满了挑战。我做了出生以来从没有做过的事——为一个独居老人打扫房间。

中午的时候，妈妈和我去了 Joe 的外公家。他家真是脏乱差到了一定的境界。要知道这个 88 岁的老人记性不好，再加上还养了一条上了年纪的狗，它会在房间里面便便嘘嘘，老外公还一辈子不承认。再加上他很少开窗通风，所以这个房间里的味道闻上去，就是比臭还要更高一层境界了，我不知道能用什么词来描述。

老人自己从来不打扫房间，生活垃圾都是 Joe 过几天来帮他清理一下。所以房间里桌上、架子上、相框上这些地方，到处都是灰尘，墙上也挂着不少蜘蛛网。

然后就是老年人的通病：该扔的不扔，不该扔的也不扔，然后该扔的和不该扔的就混在了一起，之后就分不清楚到底是该扔还是不该扔，最后就变成谁都不能扔，什么都不能扔了。看看被我诠释得多么经典啊。

所以妈妈今天下了决心，一定要彻底地给他来个大扫除，连墙壁都要重新粉刷过。

今天就是这个伟大工程的第一天。幸好涂料的味道拯救了我，要不然光闻着房间里的味儿就可以要我命了。

收拾垃圾，一间小房间，倒了 4 垃圾袋的东西；吸尘，但对印迹斑驳的地毯来说，基本没有什么效果，不过还是吸了；刷墙，蛋黄色的，其实更加淡一点，接近于米色。

在整理墙上照片的时候，居然还发现了不认识的人的照片，所以妈妈就趁外公不注意的时候拿走了，反正他也不会知道。擦东西是最恐怖的，所有东西上都覆着厚厚的灰尘，擦得我都快吐血了。

我并不是说这个事情不好，也不是说 grandpa 不好，其实这件事很有意义，并且极富挑战性，就是感官有点受不了而已。

几乎干了 8 个小时。回到家，我和妈妈就倒下了。

做蛋糕

6.9

今天在外婆家做了一整天的蛋糕和点心，为了我明天的告别party，还没有走的交流生和我的美国同学都要来参加。

我发现，在做蛋糕方面，我绝对是有天赋的。我的设计、很多第一次做的东西，出来的效果都非常漂亮。

6.11

最近这段时间，一直住在外婆家。

外婆以前开过一个蛋糕店，在做蛋糕方面称得上是专家。

似乎过几天有一个蛋糕裱花比赛，所以外婆家经常有小孩子来，让外婆对他们的作品进行辅导。

前天来了一个十多岁的女孩子，我估计她是什么都没有看过，或者说什么都没有准备好，就来请外婆帮忙的。她连比赛的规则都没有搞清楚，用多大的纸板都不知道就开始做，而且速度超级慢。在她做蛋糕的这段时间里，我都能吃一头牛了。

我原本以为参加比赛的都是大孩子，可事实上，外婆今天帮的是一个小小孩，她的妈妈也来了。另外还有 3 个 10 岁左右的小孩子，和前天来的那个女孩，家里真是忙得不可开交。

我就不说他们对自己该做什么多么地没有概念了，就是外婆手把手教他们的时候，他们都不知道自己在做什么，不知道该用什么颜色，更不要说自己搞一些有新意的设计了。

那个小的倒还好，有她妈妈帮着，上午做完就走了。那个大的比较恐怖，完全就是算盘珠子，拨一拨，动一动，要不然就是站在那里看着我们。

问题的关键是，外婆今天自己也有 3 个蛋糕要做。但是因为太多孩子需要照应，所以外婆只好决定把自己的蛋糕拖到下午再做。

很好。1 点的时候，订蛋糕的人打电话给外婆，说他 2 点要来拿蛋糕，是给 12 岁女儿的排球形的生日蛋糕。外婆一下子就瞪着我，说这怎么可能呢，蛋糕坯还在冰箱的冷冻室里，要等它解冻再装饰，1 小时是绝对不够的，外婆只好说等我们做完了再打电话给他。

放下电话，外婆就只能向我求助了。我们就这样开始了联手行动。我们从冰柜里拿出蛋糕坯，用微波炉解冻，然后超级快速地涂上奶油，我开始用巧克力浆画排球的线，外婆在上面写字。只用了 45 分钟，蛋糕就做好了，看得那些孩子一愣一愣地。外婆给那个订蛋糕的人打电话的时候，他的第一反应就是：really？怎么可能这么快！

我用巧克力浆给排球蛋糕画线

之后，我又帮着外婆做了另外两个人家预订的蛋糕。我估计这大概创下了外婆做蛋糕速度最快的历史记录了。

Nicole和Joe减肥

6.15

第一次看到住家爸妈 Joe 和 Nicole 的照片时，我吃了一惊。

那还是在国内的时候，YFU 给我们发来了住家的信息。和他们通过电子邮件联系上之后，Nicole 给我发来了她和 Joe 的照片。

真的没有想到，他们都很胖。而且不是一般的胖，特别是 Nicole，应该说已经够上肥胖症的标准了。

从来信的字里行间看得出来，妈妈对自己的形象也不太满意。她说，在生 Orion 之前，她并不是这样的。还说她和 Joe 都觉得，应该改变这种状况，过一种更健康的生活。

减肥，是一个热门的话题。但减肥，尤其是对真正的肥胖患者来

我对 Nicole 和 Joe 的第一印象。这张照片是我去美国之前，他们通过 E-mail 寄给我的，摄于 2007 年 11 月。

说，真的不是件容易的事。

跟 Nicole 和 Joe 相处了 10 个月，在他们身上发生的变化，让我明白一件事——奇迹的发生是需要毅力的。

在我刚到美国的第 10 天，妈妈就到 Indianapolis 去住院了，好像是接受一个把胃束缚起来的减肥手术。

我觉得 Nicole 真的是一点都不娇气。手术没几天就回来了，手臂上埋着留置的针头，每天要继续打吊针，但她还是照样烧饭什么的，照顾我和 Orion，只是她自己吃得很少。

当然，为她推针、吊针之类的活儿，经常是我放了学回来帮她做的。因为 Orion 太笨手笨脚，而我初中的时候也有过手臂上埋针头的经历，所以特别感同身受。

没在家休息几天，Nicole 就带着针头上班去了。

留置的针头时间长了，Joe 就会陪她再去医院换，并留院再观察几天。直到 10 月份，她身上的针头还是没有拨掉。这中间，她时不时地会感到不舒服，但我从来没见她抱怨过什么。

这份忍耐和坚持的结果，就是让她减掉了至少 20 公斤的赘肉。10 个月之后，当我回国的时候，Nicole 的身材已经可以用标准来形容了，清瘦的脸看上去更甜美了。

在 Nicole 减肥效果的感召下，Joe 也在春天回到印第安纳的时候，开始了他的减肥计划。

每天一早，Joe 都要去跑步。每次陪 Orion 去训练的时候，他也是要么上下走楼梯，要么绕着场地跑圈圈。我也就当是锻炼身体，跟在他后面绕圈圈。

5 月的一天，我和 Orion 陪着 Joe 去了他跑步的林间小道。我问他要跑多少路？他说 2.6 英里，我真吓了一跳。体育课上我们跑 1 英里，我就知道多累了，居然他能坚持跑 2.6 英里不断气 ?! 当然他用的是慢跑，也可以说是比较快速地走路。Orion 是骑他的小自行车的，我就和 Joe 一起开始跑了。

跑起来之后，我就知道了，无论如何我都比 Joe 要快很多。我就这么跑一段等一段，忽然发现终点已经到了。难道我的体力提升那么多了么？ Joe 告诉我，其实我们只跑了 1.3 英里，返回去才完成 2.6 英里。

回去的时候，我建议和 Joe 来个比赛，用手机掐个秒表计时。Joe 说他无所谓，那我就不客气了，然后撒开腿往回跑，一共用了 11 分 32 秒。来美国之前，跑个 800 米我都感觉要了命了，可现在的 800 米对我来说，应该感觉和短跑没什么差别了。（笑）

从那天起，我每天都和 Joe 来这里锻炼，直到今天——我离开

这是我回国后收到的照片，摄于 2010 年夏。经过一年多的刻苦减肥，Nicole 和 Joe 都已经判若两人。

Logansport 前和 Joe 一起的最后一个晨练，我才发现那条小路是那么长。从我内心来说，其实我希望它能再长一些，最好没有尽头。

离开 Nicole 和 Joe 的时候，唯一让我感到高兴的事是——Nicole 的肚子里已经住进了一个新的生命，这个已经被他们取名为 Caelum 的男婴，将在 2009 年的圣诞节前后诞生。我真为 Nicole 和 Joe 感到高兴，能得到这样一份美好的圣诞礼物。正像他们所期待的那样，一个更健康、更幸福、更美满的生活，即将在他们面前展开。

外公的微笑

6.15

终于体会到了所有的眼泪在一年没有倾泻之后忽然间全部涌出来的感觉，在芝加哥机场，在面对家里所有来送我的人——外公、外婆、Nicole、Joe 和 Orion，在要说再见的时候。

其实外婆这两天早已是一想到我要走，就无法控制眼泪了。原本只是说让 Joe 一个人送我去芝加哥的，因为一来路上来回要 6 个小时，二来家里也没有一辆车能坐下那么多人。但是，昨天晚上，外公还是

去问别人借了一辆商务车，执意要全家人一起送我去机场。

最后这几天，家里人带着我满世界地跑，从我的学校、Orion的学校到Nicole他们的医院，从外婆家再到姨妈家，从我们常去的点炸鸡条可以续餐的Apple Bees、墨西哥风味的Taco Bell，到我最喜欢的Subway，还有可以玩旋转木马的地方和那几个商场和超市。

外公稍一打扮就很有风度

觉得Logansport真小，但却印满了我的足迹，留着我的欢声笑语。

昨天在Shelley姨妈家，把我们经常做的事情又重新做了一遍：泡在游泳池里玩游戏，饿了上来吃自己烧烤的东西，和外公一起钓鱼，和狗狗和小妹妹Abbi一起躺在地上……

第一个要和我告别的是姨夫Kim，因为下午他要去出差。我没有想到他会哭，我也一直不知道Kim其实是那么喜欢我，直到我看到他写给我的东西。

家里所有的人，包括姨妈家的人，每人都给我写了一封亲笔信，夹在一个漂亮的本子里。因为我们都不敢直面将要来临的告别，所以把心里想说的话都写在了纸上，关照我只有等上了飞机才能打开看。

Kim上班总是很忙，可是他今天把院子里的草割到了最远的角落，是为了让我钓鱼；把游泳池洗得那么干净，是为了我可以游泳。就是这个平时很爱搞笑的Kim，今天在对我说再见的时候哽咽了。幸好我带着墨镜，他没有看见我的眼泪。

去芝加哥机场的路上，大家的情绪都还没有什么异常，因为大家都还在一起，我给Orion做了很多脑筋急转弯的题目，引得大家时不时地大笑。可是当我们到了机场，安检口就在眼前的时候，尽管外婆还在那里自欺欺人地说着“我们不说byebye，我们只说see you later”，可是说着说着，她就哭成个泪人了。就连 Joe 最后在给我拥抱的时候，也哭得颤抖了起来。

唯一没有哭的人，就是外公。

他一直站在那里，微笑着。

可是，我知道，他其实是最最舍不得我走的人。

因为不知道从什么时候开始，外婆家是我最喜欢去的地方。也不知道从什么时候开始，我和外公有了那么多的默契，发现了很多共同的爱好，比如说我们都专一地喜欢可口可乐，所以我才会收到那么多与可口可乐有关的礼物。外公喜欢收藏玩具模型、钱币等等。他知道我在收集美国 50 个州的 25 美分硬币，还差几个没有集齐，所以昨天晚上即便已经很晚了，他还在地下室翻他收集的那些宝贝，为我找那些还没有收集到的硬币，热得是满头大汗。

我想，外公一定是怕我更伤心，所以一直忍着没有流泪。他如此执意地把他充满慈爱和鼓励的微笑留给我，那需要何等的坚强啊！

一个再平凡不过的家庭，却教会了我如何充满阳光地去生活，去爱别人。

和你们一起，在 Logansport 度过的 315 天，已经成为永远无法抹去的记忆，深深印刻在我青春的岁月里。

我想，我会回来。

因为牵挂着你们，我一定会回来。

那么，再见了。

后记

我是女儿这些日记的第一读者。当她还在美国的时候，每隔几天就会通过 E–mail 发一些文字和照片回来。

跟随她的笔触和镜头，我就像身临其境一样，熟悉着她的美国家人、老师和同学，了解在那里发生的一切。我那颗随着雏鹰展翅而悬起的心在渐渐放下的同时，又生出诸多感怀。

没有想到，她可以那么快地适应陌生环境。不同的语言文字，不同的生活习惯，不同的学习课程，不同的文化背景，并没有影响她融入当地的进程，甚至就在她刚刚到达美国两周、还不能完全听懂别人在说什么的时候，她就已经有了似乎自己是从小生长在这里的那份自如。或许这就是孩子们的过人之处，我们掌握一门语言用的词是“learn”（学习），而他们则是“pick up”（拾取），随意弯下腰就能捡起地上的树枝那样，难懂的语言也可以被他们轻松地收入囊中。

没有想到，她可以那么柔韧地面对挑战。读过她的这些日记一定会发现，在美国这一年，无论是在家里还是学校，她都碰到过棘手的难题，比如说在学校篮球队的经历，再比如说推销饼干的遭遇。在这段时间里，我和她有过好几次机会在网上见面聊天，可哪怕是在她内心最为煎熬的时刻，她都没有向我——她的亲妈诉苦，甚至只字未提她的处境。直到后来我读到她的日记，感慨于这些既成事实的时候，才体会到她不忍让父母担忧的那份温柔体贴。

更没有想到，她可以那么独立地书写人生。在飞往美国的第一架班机上，她写下了这样的文字：“可能一切会和我想象的一样，可是我更希望它们不一样，即使会给我带来困扰，即使根本就无法解决，我也希望它们的出现。因为这是我的 300 天，我想经历更多的挑战，我一个人。”因为第一篇日记是她在飞机上手写的，所以过了好几个月她才输入电脑传给我。说真的，我被“一个人的300天”这样掷地有声的话语重重地砸到了。反复体会着她离开父母时暗自下定的决心，我忽然有一种自责：平日里对孩子无微不至的照顾，某种程度上限制了她自由发展的空间。孩子想证明自己的能力，有不惧险阻迎接挑战的心理准备，她是真的长大了。

我终于恍然大悟，为什么她能在误了航班的时候可以如此镇定，为什么她在遇到困难的时候没有把我当她的“垃圾桶”，因为在跨出家门的第一天，她就做好了准备，去一个崭新的空间，在那里她就是自己的主宰，不怕万人阻挡，只怕自己投降，她所拥有的，就是她所热爱的五月天乐队唱出的那份倔强。

让我深感欣慰的是，这段经历极大地拓展了她生活的内涵，让她有机会做了很多在上海无法做到，或者说我们根本没有想到她能做到的事，比如说身临其境地看一场橄榄球赛，听一场河边摇滚秀，自己粉刷卧室，裁缝毕业舞会裙子，布置婚礼会场，在社区上门推销，扛着摄像机在校园采访，运动场上大体能训练，看飞舞的萤火虫和满天的繁星，体验雪花飞舞中真正的白色平安夜……对一个生长在繁华都市的孩子来说，能体验如此丰富多彩的生活，如此亲近自然、享受自然，被鼓励或坚持去做一些自己认为重要而有趣的事，对心灵的成长意味着什么？答案已毋庸赘言，当女儿结束交流回来的时候，她晒得黝黑的皮肤和开朗的笑容，回答了一切。

我听过一个“鱼缸法则”：养在鱼缸中的热带金鱼，三寸来长，不管养多长时间，始终不见长大。然而把这些金鱼放到水池中，两个月的时间，原本三寸的金鱼可以长到一尺。对孩子的教育也是一样，孩子的成长需要自由的空间，而父母的保护就像鱼缸一样，孩子在其中永远难以长成大鱼。

明白了这个道理，无论内心有多么不舍，我仍然会放孩子远行，让她去自由飞翔和搏击。我相信，她会比我们想象得飞的更高更远，她自己寻找到的那片天空会更宽更蓝。

最后，感谢所有在我女儿成长过程中给过她帮助的人。相信你们给予她的鼓励和支持，是她执着追求的动力所在。

麟清

图书在版编目（CIP）数据

单飞日记：我在印第安纳做交流生的300天／卢怡静著.

—上海：文汇出版社，2010.10

ISBN 978-7-5496-0039-7

Ⅰ.①单… Ⅱ.①卢… Ⅲ.①日记—作品集—中国—当代

Ⅳ.①I267.5

中国版本图书馆CIP数据核字（2010）第197717号

单飞日记

——我在印第安纳做交流生的300天

卢怡静／著

责任编辑／竺振榕

装帧设计／靳　伟

出版发行／文匯出版社

上海市威海路755号

（邮政编码200041）

经　　销／全国新华书店

印刷装订／江苏启东人民印刷有限公司

版　　次／2010年10月第1版

印　　次／2010年10月第1次印刷

开　　本／889×1194　1/32

字　　数／207千字

印　　张／6.75（彩色插页2页）

ISBN 978-7-5496-0039-7

定　　价／23.00元